OUVRAGES DU MÊME AUTEUR

A travers les vents, poésies, Éditions Édouard Garand, Montréal, 1925 ; édition remaniée, préface de Henri d'Arles, Éditions du Mercure, Montréal, 1926.

La Pension Leblanc, roman, Éditions du Mercure, Montréal, 1927 ; Éditions internationales Alain Stanké, préface de l'auteur, Montréal, 1976.

Metropolitan Museum, poème, tirage limité, bois de Edwin H. Holgate, Herald Press, Montréal, 1930.

Poésies nouvelles, Éditions Albert Lévesque, Montréal, 1933.

Le Fabuliste La Fontaine à Montréal, piécettes radiophoniques, Éditions du Zodiaque, Montréal, 1935.

Le Curé de village, scènes de la vie québécoise, dialoguées, Éditions Granger, Montréal, 1936.

Les Velder, roman, préface d'André Maurois, Éditions Bernard Valiquette, Montréal, 1941.

Suite Marine, poème, dessins de Lomer Gouin, Éditions Péladeau, Montréal, 1954.

Oeuvres poétiques, 2 volumes, Éditions Fides, Montréal, 1956 ; édition revue, avant-propos de l'auteur, collection du Nénuphar, Fides, 1967.

Élise Velder, roman, Fides, 1958 ; nouvelle édition, collection du Nénuphar, avant-propos de l'auteur, Fides, 1972.

Robert Choquette, anthologie, prose et poésie, collection « Classiques canadiens », Fides, 1959.

Metropolitan Museum et autres poèmes, préface d'André Maurois, Éditions Grasset, Paris, 1963.

Poèmes choisis, préface de Jean Éthier-Blais, Fides, 1970.

Sous le règne d'Augusta, comédie, Éditions Leméac, Montréal, 1974.

Le Sorcier d'Anticosti, légendes, Fides, 1975.

MOI, PÉTROUCHKA

Désirez-vous être tenu régulièrement au courant de nos publications ?
Il vous suffit de faire parvenir vos nom et adresse aux **ÉDITIONS STANKÉ**
« Service d'information aux lecteurs »
2100, rue Guy
Montréal, Québec
H3H 2M8
Nous vous enverrons sans aucun engagement de votre part toutes les informations concernant les nouvelles parutions.

ISBN 2-7604-0099-9

Dépôt légal : 4e trimestre 1980

ROBERT CHOQUETTE

DE L'ACADÉMIE CANADIENNE FRANÇAISE

MOI, PÉTROUCHKA

souvenirs d'une chatte
de vingt-deux ans

Stanké

A ma fille Danielle-Ariane,
parce qu'elle nous apporta une petite chatte
anonyme qui deviendrait Pétrouchka et parce
qu'elle veille maintenant sur ses vieux jours.

Moi, Pétrouchka, grand-mère qui n'a pas eu d'enfants, je suis une chatte de vingt-deux ans, c'est-à-dire plus de cent ans à l'échelle humaine. A l'exception d'une légère touffe de blanc sur la poitrine, je suis d'un noir magnifique. Je l'ai entendu dire trop souvent pour en douter. Je ne suis ni siamoise ni persane, ni chinoise ni égyptienne et cela m'est égal. Des poils longs, on en trouve sur le singe ; la robe unie et luisante est portée par l'hermine et le vison. Je suis une chatte démocratique, mais à ma façon : j'échappe à la règle par ma distinction naturelle. Je fus belle et le suis encore, je crois. Intelligente et fière, mais sans vanité. C'est en toute modestie que je suis une chatte prodige.

Comment ne le serais-je pas, quand j'ai su déchiffrer le langage des hommes et marier leur façon de penser à celle du chat ?

Bien sûr, ce don qui tient de la fable ne s'est pas manifesté dès mon arrivée en ce monde. Au début, je ne m'intéressais pas à la parole humaine. J'étais le chaton qui ne pense qu'à jouer. Mais, forcément, certains mots me devenaient familiers : manger... dodo... non !... bonne fille... mauvaise fille ! Bientôt, comme j'étais précoce, d'autres mots s'ajoutèrent peu à peu aux anciens, en même temps que je notais les regards ou les gestes qui les accompagnaient. (Exemple. Les premières fois, quand j'entendais le mot « souris », je surveillais d'instinct le plancher. Plus tard, j'ai vu que c'était toujours la maîtresse qui disait ce mot, et toujours quand Ariane était boudeuse. Elle murmurait le mot « souris » en tortillant gentiment le menton d'Ariane.) De plus en plus, si le geste venait d'abord, je savais quel mot suivrait. Cela finit par être un jeu d'une autre qualité et je m'appliquai de mes deux oreilles. Bientôt je comprenais non seulement un mot par-ci, un mot par-là, mais plusieurs dits à la suite, — excepté s'ils tombaient d'une bouche molle. A force d'attention et grâce à une mémoire exceptionnelle, je me mis à faire des progrès impressionnants. Le plus curieux, c'est qu'en apprenant des mots, j'apprenais des idées. Mais je ne sais pas encore si on construit les idées avec les mots ou les mots avec les idées. Et puis ? Du moment qu'on a les deux.

Maintenant à la retraite, j'habite Ottawa, chez Ariane, la fille de ceux qui furent mes maîtres. (J'accepte le mot maître par affection, car le chat n'appartient vraiment qu'à lui-même.) Ariane possède une aimable maison agrémentée d'un jardinet dont je profite encore. J'habite ici depuis huit ans. Lorsqu'elle voyage, Ariane me prête à ses parents, à Montréal. De temps à autre, c'est eux qui viennent nous voir.

Ce que je fais de mon temps ? Je récapitule le passé tout en ronronnant. Parmi les aventures qui me sont arrivées, les événements dont je fus témoin, les émotions que j'ai éprouvées et les pensées qui ont parlé dans ma tête au long des années, je fais un choix, — pas toujours le même. Je pratique ces retours en arrière une fois par année afin que mes souvenirs ne pâlissent pas. Il va de soi que je dois à la mémoire d'Ariane et de ses parents plusieurs souvenirs reliés à ma petite enfance. Comment en serait-il autrement ? Et puis ? Lors même que j'améliorerais certaines anecdotes, c'est avec moi seule que je converse. Ça ne dérange personne.

Parler... La nature ne l'a pas voulu. Le chien ne parle pas davantage, ni le cheval, ni tous les animaux, moins deux exceptions d'autant plus illogiques qu'elles sont munies d'un bec : le perroquet et la corneille. Entraînés à répéter quelques mots toujours les mêmes, ils sont bêtes comme l'écho. Cette privation de la parole aura été pour moi une épreuve, mais, devenue philosophe, j'accepte qu'on ne peut pas tout avoir.

Cela dit silencieusement, j'entreprends une fois de plus ma longue rêverie basée sur des réalités, — ou presque.

SAINTE-ADÈLE-EN-HAUT

J'ai vu le jour à une heure et demie de distance de Montréal, dans une petite ville des Laurentides que les familles locales se partagent avec les vacanciers, les touristes et les skieurs, et qui s'appelle Sainte-Adèle. J'avais environ trois mois lorsqu'on fit cadeau de moi à une jeune Montréalaise qui passait l'été au flanc du Sommet Bleu. Incertaine si ses parents m'accueilleraient favorablement à cause d'un chien dans la famille, Ariane m'emporta cachée sous le fichu qui enveloppait ses épaules. Intriguée, sa mère l'interrogea. Ariane prit sa voix la plus soyeuse et commença à dire... C'est alors que ma petite tête noire fit son apparition. Tout était dit.

La mère d'Ariane avouera assez facilement qu'elle aime les chats, mais surtout les chiens. Le père aime les chiens, mais il est plutôt chat. Le fils aussi m'accepta. Il s'appelle Michel.

Le lendemain de mon entrée dans cette famille, ma curiosité fut attirée par un objet immobile au centre de la pelouse. Déjà curieuse selon ma nature, j'y allai voir de près. Soudain, l'objet se met à tourner et tourne, tourne, tourne sur lui-même ! Je prends mes quatre pattes à mon cou, mais l'objet pleuvait ! Je me précipite dans l'autre sens. Il pleuvait là aussi de plus en plus fort ! Il pleuvait en rond ! Enfin, on coupa l'eau et Ariane me secourut.

— Appellons-la Pétrouchka ! s'écria son père.

Il faisait allusion à un ballet où le personnage de ce nom multiplie culbutes et pirouettes, sautillements et entrechats. Sous l'ondée de l'arroseur, j'avais, paraît-il, réussi tous ces mouvements. Voilà pourquoi je suis une chatte au masculin.

À moins qu'un cavalier ne vînt l'emprunter, quand ce n'était pas Michel, je tenais compagnie à la gentille Ariane, qui me faisait toutes sortes de chatteries et m'habituait à ne pas craindre le chien de la maison, tellement plus gros que moi. Précaution inutile, car ce caniche nommé Gustave était la douceur personnifiée. Avant longtemps, il deviendrait mon compagnon de jeu, — plus ou moins. C'est ce qu'Ariane souhaitait, en tout cas. Elle manœuvrait de manière à nous mettre en présence le plus souvent possible, caressant le chien d'une main et moi de l'autre. Mais quand septembre approcha, je sentis que cette main glissant sur mon dos devenait mélancolique. Ariane se reprochait-elle de m'avoir acceptée en cadeau ? Étais-je coupable de quelque façon ?

Ce changement chez Ariane était mystérieux. D'une heure à l'autre, elle ne parlait plus ou bien elle précipitait les mots comme une personne à court de temps. Sa mère également devenait changeante. Son frère, lui, était content pour elle. Quant au père, il semblait encore plus rêveur et distrait que d'habitude. Seul Gustave ne variait pas.

Il se passait qu'Ariane était sur le point de quitter le Canada pour devenir étudiante en Espagne. Elle partirait accompagnée de sa mère, qui aiderait à son installation chez des amis espagnols. Comme ce n'était pas au Sommet Bleu qu'on allait voir aux préparatifs, la famille rentrerait bientôt à Montréal.

Moi ?

Me laisserait-on à Sainte-Adèle, offerte en cadeau une deuxième fois ? Il en existe, des visiteurs qui adoptent un chat ou un chien pour amuser les enfants pendant les vacances, et ensuite adieu chien, adieu chat, débrouillez-vous dans la nature.

Ma confiance eut raison. Je partis avec eux tous. C'était mon premier déplacement en automobile. Sainte-Adèle disparut à la vitesse d'un clin d'œil de chat. Ensuite, à droite comme à gauche, les montagnes s'aplatirent. Ensuite devinrent de plus en plus maigres ces belles masses de verdure où quelques feuilles commençaient à rouiller.

Dans ce Montréal souvent mentionné en ma présence, le ciel serait-il ouvert comme au Sommet Bleu ? Avec autant d'étoiles ? Voyait-on des pelouses, dans les grandes villes ? Et des fleurs et des arbres, et des oiseaux pour y turluter ?

MONTRÉAL

Femme et fille absentes en Espagne, le maître m'adopta.

Je partageais l'appartement non seulement avec lui et Michel, mais aussi avec une tante de la maîtresse, — tante Bernadette. Michel, étudiant, m'accordait une attention forcément distraite ; mes virevoltes amusaient la tante, mais son cœur penchait vers ce Gustave qu'elle chouchoutait depuis des années. Il se montrait pourtant exigeant. Beau temps, mauvais temps, il lui fallait sa promenade d'un arbre à l'autre. Du haut de nos fenêtres, je le regardais marcher sur trois pattes.

C'est un homme qui faisait le ménage. Il se nommait Lionel et venait une fois par semaine. Sa nièce, Germaine, venait chaque jour et la tante l'aidait à préparer les repas.

Notre odorante pelouse du Sommet Bleu s'était convertie en une suite de tapis. Je m'y promenais ou m'y allongeais sans surveillance, car avant son départ Ariane avait pris soin de m'écourter les ongles. Je m'en consolais en jouant avec les cordons des rideaux ou en mordillant une plante que la tante venait d'arroser.

Pendant ce mois de septembre qui fut triste, le maître comprit à quel point il appréciait ma présence. Comme moi, la sienne. Je regrettais Ariane, mais dans cette pièce où le maître restait penché durant des heures sur ce qu'on appelait sa table de travail, je trouvais le calme cher à mon tempérament. Parfois, il allait prendre place devant une sorte de meuble qui n'existait pas dans la villa du Sommet Bleu. Il y promenait ses mains comme faisait Germaine au-dessus de la planche à repasser. La première fois, je n'en revenais pas : ces gestes produisaient des sons agréables ! J'apprenais que le chat est sensible à la musique. Moi qui aimais sauter sur les meubles, quelle autre surprise, un jour, quand je me suis aventurée sur celui-là : à mon tour, je faisais de la musique !

— De la bouillie pour les chats, selon tante Berna- dette.

Michel occupait la chambre la plus grande de l'appartement parce qu'il y recevait des copains. Comme il était absent une partie de la journée, j'en profitais pour sauter sur les meubles et circuler parmi des livres, des cahiers, des plumes, des pipes, des cendriers... Michel pratiquait un instrument qu'on appelle clarinette et qui donne des sons telle- ment pointus, que j'allais cacher mes oreilles dans un placard. Michel revenant toujours au même morceau, pour l'améliorer, j'aurais pu le miauler, son morceau !

Aux heures où j'avais un surplus d'énergie à dépenser, j'invitais Gustave à jouer comme nous le faisions à Sainte-Adèle sous la surveillance d'Ariane ou de sa mère. Je lui mordillais les oreilles, je passais devant lui en coup de vent. Mais, sa maîtresse absente, il n'était pas d'humeur. Je n'y perdais pas grand-chose, car le chien ne sait pas jouer vraiment : sa manière est trop franche. Ce que le chien va faire, le chat l'a deviné. Le chien nous voit encore à droite quand on est à gauche.

Cela s'est passé dans la chambre d'Ariane, où je n'avais plus accès. Un jour que la tante avait laissé la porte entrouverte, je suis entrée, j'ai sauté sur le lit, puis sur la commode.

Quelle mauvaise surprise j'ai eue !

Il y avait deux photos encadrées, sur la commode. Elles étaient sûrement là avant le départ d'Ariane, mais j'étais alors trop jeunette pour m'en être rendu compte. Chaque photo montrait un chat qui avait déjà fait partie de la famille. J'ai interrogé Michel. Il m'apprit que l'une des photos était celle d'une chatte grise nommée Juliette. Elle jouait avec le maître tout comme moi, paraît-il. Cette nouvelle me pinça le cœur, moi qui m'étais crue la première... L'autre photo présentait un mâle deux fois gros comme la Juliette. Michel m'assura que ce beau matou du nom de Roméo était de race angora. A l'époque, le mot me passait au-dessus des oreilles. Pas le mot angora, mais le mot matou. Il paraît qu'à la campagne, Roméo disparaissait dans les bois pendant des heures, et lorsqu'il daignait revenir, son pelage aux poils longs sentait la fougère que c'en était grisant. Tant mieux pour le fanfaron. Le seul détail qui me chiffonnait, c'est qu'il avait été de la maisonnée en même temps que cette Juliette que je n'arrivais pas à trouver laide.

Ce jour-là même, pour me consoler, Michel m'a photographiée et le maître m'a consacré un petit poème que je comprendrais plus tard, tout comme plus tard j'apprendrais qu'il est un écrivain.

Chatterie

Ce petit chat est une chatte,
C'est le trésor de la maison.
Sans trêve on l'embrasse, on la flatte,
Elle en perd quasi la raison.

Ni grise ni blanche, elle est noire
Autant que l'est ce piano
Dont elle apparente l'ivoire
A quelque jeu de domino.

Aussi vive qu'une hirondelle
A l'heure où le soleil descend,
Voyez-la poursuivre autour d'elle
Ce papier froissé bruissant.

Elle court, bondit, virevolte
Vers des objets imaginés,
Mais plus la fofolle en récolte,
Moins en a-t-elle au bout du nez.

A sa toilette matinale
On veut prêter aide à son cou,
Tant la manœuvre est peu banale :
Jusqu'où, ce cou ? Jusqu'à Moscou ?

C'est l'instinct qui fait qu'elle lisse,
Pour son plaisir et son orgueil,
De bout en bout cette pelisse
Soyeuse au toucher comme à l'œil.

Quoi d'émouvant, sur la planète,
Comme un petit être qui dort ?
Voyez dormir notre minette
Heureuse entière de son sort.

Approchez-vous, collez l'oreille...
Non, ce n'est pas un moucheron
Et pas davantage une abeille
Qui bourdonne dans son ronron.

Ce joli bruit vient d'elle-même.
Il naît de son contentement
Lorsqu'on lui déclare qu'on l'aime
En ronronnant pareillement.

Dès ma petite enfance, l'instinct m'enseigna que ma langue était râpeuse afin de mieux lisser mon pelage. Pour les oreilles, les yeux et le front, le chat a recours à sa patte mouillée d'un peu de salive. Cela donne un geste qui doit être gracieux, puisque tous les humains qui en sont témoins hochent la tête en souriant. La partie difficile, c'est le haut du cou. Quand la tante a voulu m'aider, j'ai tout de suite regimbé : cette brosse avait-elle servi pour la Juliette du Roméo ? Mais comme la brosse était neuve, elle ne pouvait pas m'ajouter des poils de chats morts. Rassurée quant à la brosse, je me sentis torturée par une autre pensée : l'assiette dans laquelle je prenais mes repas avait-elle servi aux *autres* ? A chacun sa bave ! D'autre part, si je ne vidais pas l'assiette, on ne la changerait pas ; on se contenterait de me servir petitement. Aussi bien avaler mes scrupules. L'assiette devint la mienne.

— Germaine. Sortez donc l'assiette de Pétrouchka.

Mon assiette faisait bande à part. Personne ne me l'empruntait. D'une façon, elle était *moi*, — indépendante et fière de l'être.

Un matin, le maître sortit et revint avec des fleurs ; dans l'après-midi, la maîtresse arriva avec ses valises. Gustave trépignait, jappait, pleurait tout en même temps. Moi aussi, bien sûr, j'étais contente de revoir la maîtresse. Mais Ariane ? Quand, son retour ?

Pendant l'absence de la maîtresse, les ongles m'avaient poussé comme à tout le monde excepté les poissons. A son arrivée, certains fauteuils le prouvaient et j'ai compris que ce n'était pas ceux que j'aurais dû choisir. Michel corrigea la situation au moyen d'un arbre à griffes, c'est-à-dire une bûche habillée d'un morceau de vieux tapis et qui se tient debout par elle-même. On y avait pensé en retard.

Passé minuit, la cuisine devenait mon empire. Grâce aux lumières de la ville, les objets flottaient dans une sorte de clarté où d'autres n'auraient rien distingué, mais suffisante pour mes yeux aux pupilles dilatées.

J'étais censée passer la nuit à bord d'un panier et c'est bien là qu'on m'imaginait dormant jusqu'à l'aube. La vérité, c'est que je consacrais une partie de la nuit à fureter. Je ne cherchais pas à manger, puisque mes repas étaient assurés. Je furetais pour le plaisir. Pour exercer mon imagination. Si on avait laissé un tiroir entrouvert, je me faisais accroire qu'il abritait une souris (je n'en avais jamais vu) et j'y promenais le bout de ma patte. S'il arrivait que j'y déplace une casserole qui en heurtait une autre, je pensais : « Quelqu'un va venir ! » Mais personne ne venait et je poursuivais mon exploration. Je sautais d'une chaise à l'autre, de la table à la lessiveuse, à la cuisinière. Même sur le frigidaire. De là je reluquais une étroite tablette fixée au mur (Germaine l'appelait la corniche). Étais-je prête pour un bond aussi risqué ? Une nuit de clair de lune, je décidai que oui. Mais je pris un élan tel, que je crus passer tout droit. De plus, un objet se fracassa sur le plancher. A l'instant même, la porte s'ouvrait, un flot de lumière inonda la cuisine et la mère d'Ariane aperçut un cendrier en miettes et la coupable faisant le gros dos sur la corniche.

Eh bien ! cette mésaventure me transforma en héroïne. Parmi les débris se trouvait un bijou disparu depuis longtemps : une bague appartenant à Ariane. Assurée qu'elle ne rêvait pas, la maîtresse ramassa les morceaux qui auraient pu blesser mes patoches. Après quoi, elle me cueillit sur la tablette, me fit une grosse caresse et sortit en oubliant pourquoi elle était venue. Du moins, c'est comme ça que je m'en souviens.

Quelle surprise, quand j'ai aperçu un sapin debout dans le hall d'entrée ! Il possédait d'étranges lumières qui s'allumaient et s'éteignaient comme on respire. Tante Bernadette chercha à me faire croire que le sapin avait poussé là parce que nous allions changer d'année. J'étais encore plus perdue, mais je surveillerais le phénomène : cela devait se voir, un changement d'année.

A minuit du fameux jour, la maîtresse ouvrit toute grande une fenêtre du salon, malgré l'hiver. C'était pour laisser entrer l'année suivante. Eh bien ! même avec des yeux de chat je n'ai vu entrer personne ni rien. Ce que j'étais naïve !

Longtemps plus tard, l'hiver se mit à fondre. Moi, j'avais bien dormi, bien bu, bien mangé. Surtout, je n'avais pas souffert du froid. Mais le pauvre Gustave ! Par sa faute. Pourquoi pas, comme moi, un plat de sable ? Ces chiens patte-en-l'air !

Arrivé le printemps, les maîtres et tante Bernadette commencèrent à s'habiller autrement et les branches, devant nos fenêtres, eurent l'air de vouloir vivre. Bientôt apparurent les petites feuilles qui deviendraient grandes comme au Sommet Bleu.

De temps à autre, jour ou nuit, on entendait sous nos fenêtres des miaulements d'une puissance telle que je me disais, par instinct : « Ce ne peut être ça ! » Grâce à Michel, j'ai fini par savoir la vérité : je n'entendais pas des matous, mais des appareils attachés aux voitures qui vont éteindre le feu.

Dans notre appartement, personne excepté moi n'aimait qu'il fasse trop chaud. Même la vieille tante. Je ne pouvais donc pas accuser les radiateurs, si je me sentais drôle, depuis quelques jours. J'étais nerveuse, capricieuse, sans appétit ; je faisais des rêves pas comme les autres, je frôlais les meubles, je me roulais par terre, tournais autour du maître pour qu'il me caresse. Quand on m'a conduite dans un endroit qui sentait les remèdes et où miaulaient des chats et aboyaient des chiens invisibles, j'ai cru que je couvais une maladie mystérieuse. Un homme enveloppé d'une longue blouse blanche m'a soulevée dans ses bras. Ensuite, je n'ai plus rien su.

Plus tard, on m'apprendrait qu'à cause de l'homme en blouse blanche je n'aurais jamais de petits. A cette nouvelle, je ne fus ni triste ni contente. Mon instinct était comme absent.

ENCORE SAINTE-ADÈLE

Quand vint l'été, je me retrouvai à Sainte-Adèle. Rien ne répondait à mes souvenirs, car nous n'étions plus au Sommet Bleu, mais sur la colline opposée.

Comme on ne redoutait pas pour moi les sérénades du matou, puisqu'une chatte neutre n'intéresse pas ces rôdeurs, on aurait dû me donner tout de suite la clé des champs. Mais on craignait que je m'éloigne de la maison avant de la connaître mieux. Vu ma belle robe noire luisante, un connaisseur aurait pu s'emparer de moi et me garder. Ou bien, faute d'expérience, je serais happée par une voiture, et adieu la vie.

Je respirai d'abord le plein air natal au bout d'une corde nouée au perron. Mais voilà qu'au troisième jour on remplaçait la corde par un collier muni d'une clochette. Quelle imprudence, qu'on prenait pour une bonne idée ! Je n'aurais qu'à ramper lentement et la clochette garderait le silence. Pourquoi hésiter ? Je me devais d'explorer enfin ce qui pousse ou remue, en dehors d'un appartement. Mais on me surveillait, à travers les rideaux. Il paraît qu'en rampant de cette façon, je devenais deux fois plus longue que moi-même. C'est probable, car j'en avais des tiraillements d'estomac.

Bien entendu, il m'arrivait de faire connaissance avec un oiseau, une souris, un mulot, mais pas aussi souvent qu'on le supposait. Peut-être à cause des mouches noires ? Au moins, le maringouin commet la bêtise de s'annoncer. Mais l'autre, la sournoise, la silencieuse... Terrible surtout pour moi : noire sur noire, comment la distinguer ? Parfois je me reprochais d'être née à Sainte-Adèle. Surtout le jour où j'ai reniflé un maringouin.

Un matin que je me trouvais dehors très tôt et que le silence enveloppait tout, j'ai vu l'herbe remuer comme si elle avançait. Trop curieuse pour résister à ce phénomène, je rampai en contrôlant bien mes mouvements, à cause de la clochette. Qu'est-ce que j'aperçois ? Un animal à fourrure, de couleur rousse, qui rampait lui aussi de toute sa longueur. Au moment où je m'apprêtais à bondir, voilà qu'il se dresse et lance un sifflement à vous figer le sang. Je n'ai vu que deux dents, celles d'en avant : des vraies touches de piano. Cet animal s'appelle marmotte. Je fus bien avertie de m'en tenir éloignée, si je ne voulais pas mourir tranchée en deux. J'ai suivi le conseil et suis restée entière.

Enfin Ariane revint d'Espagne. Elle me comblait de caresses à n'en plus finir. « Comme tu as grandi ! Comme tu as changé ! » Moi, je trouvais qu'*elle* avait changé. Sa coiffure n'était plus la même ; elle portait des robes bien différentes des larges jupes de l'été précédent. C'était comme si je retrouvais et perdais en même temps celle à qui j'avais d'abord appartenu (si le chat se laisse vraiment appartenir). Je m'expliquais ce double sentiment par le fait qu'entre elle et moi il y avait maintenant le maître, celui qui avait partagé ma vie quotidienne pendant des mois et des mois. Lequel des deux ma fidélité devait-elle choisir ? Cette question a disparu quand j'ai compris que leur affection pour moi était la même que celle qui les unissait.

Lorsque Ariane faisait tourner des disques rapportés de là-bas, elle frappait le sol du talon en criant : « Ole ! » Elle battait des mains comme si elle s'applaudissait, elle improvisait des tortillements de hanches qui faisaient sourire sa mère et rêver son père. Autre chose curieuse : quand elle conversait en espagnol avec sa mère, qui connaît ce langage, les deux gesticulaient beaucoup plus que lorsqu'elles parlaient en français.

Ces disques entraînèrent Michel à échanger sa clarinette contre une guitare. Les sons étaient autrement plus doux. Quand il pratiquait sur la terrasse, certaines notes imitaient une grosse mouche qui passe en bourdonnant.

Gustave aussi cultivait la musique. D'habitude, quand les maîtres ou Ariane utilisaient la voiture, monsieur le chien était de la partie. Mais quand on le laissait à la maison, c'étaient des hurlements à se déchirer les entrailles. Pourtant, la maîtresse l'installait sur une chaise bourrée de coussins et placée devant une fenêtre qui lui prêtait tout le paysage de Sainte-Adèle. Il pouvait rester seul pendant quelques heures, non ? Il est vrai qu'on avait affaire à un chien et non à un chat. Le silence est si agréable, quand on est de nature à l'apprécier ! Plus de voix qui se heurtent, de sonneries du téléphone, de cris sortant de la radio ou de la télévision, de portes qui s'ouvrent ou se referment, et quoi encore. Cher silence. On s'allonge comme si on s'enroulait autour de soi-même, on déguste la vie qui murmure dans ses veines. Mais le chien ? Juché sur des coussins pourtant confortables, Gustave s'agitait, se grattait, perdait patience. A la moindre voiture, il se soulevait ; disparue la voiture, il redonnait son derrière aux coussins. Et il huuurlait ! D'une étrange façon, d'ailleurs. La lamentation commençait tout là-haut et descendait marche par marche. C'était à la fois agaçant et comique.

Si je profitais moins de ma liberté, volontairement, c'est que je me tenais beaucoup avec Ariane. Je n'arrivais pas à mesurer combien elle m'avait été absente, pendant si longtemps.

Un jour, elle m'amena visiter une amie qui possédait une chatte, elle aussi. Cette chatte était entourée de cinq petits encore aveugles. Je n'arrivais pas à croire que j'avais déjà été comme eux. Tout au fond de moi-même, je me surpris à envier cette chatte. Pour la première fois, mon corps se demanda au nom de quoi il ne mettrait jamais au monde des petits que j'aurais léchés, nourris, réchauffés, auxquels enseigner des choses utiles. Pour la première fois, je pensais à l'inconnue qui m'a fait cadeau de la vie. Est-ce que je ne trahissais pas ma nature, en acceptant un genre d'existence qui n'aurait pas dû être le mien ? Ariane parla. L'émotion disparut comme elle était venue.

Et ce fut bientôt la fin des vacances.

ENCORE MONTRÉAL

Assise devant une des fenêtres du salon, à Montréal, je regardais pleuvoir ou regardais les feuilles se détacher des arbres et tournoyer vers la rue. Bientôt, les branches n'en eurent plus une seule. Bientôt encore, ce fut la neige sifflant le long des vitres. Germaine appelait ça un temps de chien. Elle avait bien raison.

Pour ses sorties, Gustave portait maintenant un tricot à manches longues. Il en possédait plusieurs. Un jour, un ami de la maison lui fit cadeau de deux paires de bottes. L'intention était bonne, mais Gustave n'en voulait pas ! Le chausser fut toute une affaire. Il se sentait ridicule au possible. J'ai cru deviner que sa maîtresse pensait comme lui, mais le donateur était là, s'offrant à sortir « le chien » et riant d'avance aux éclats. (Moi, je souriais à l'ombre de mes moustaches.) Pauvre Gugusse ! En route vers l'ascenseur, avec l'ami, il décochait des ruades à droite et à gauche. Deux minutes plus tard, postée devant ma fenêtre préférée, je constatai qu'il n'avait déjà plus qu'une botte en arrière et j'eus le plaisir d'en voir sauter une en avant. Gustave monta dans mon estime.

Mais je voyais aussi des chats longer les murs, ramper sous les perrons ou les automobiles au repos. Je crois me rappeler que j'avais un peu honte de mon sort privilégié ; je regardais loin de moi... Il me semble, en tout cas.

Qui devinerait dans quel endroit il m'est arrivé de passer toute une nuit ? Depuis plusieurs minutes, j'entendais la voix de la vieille tante qui s'éloignait puis revenait, dans la cuisine. « Pétrouchka !... Pétrouchka ! » Quand elle ouvrit la porte de la glacière, elle faillit perdre connaissance. Éblouie par la lumière, je suis d'abord restée immobile et la tante m'a crue gelée sur place. Je ne pouvais pas l'être, car il ne s'agissait pas du frigidaire, mais d'une armoire maintenue assez fraîche pour y garder le pain, les légumes, certaines boissons, parfois la viande. En fin de soirée, Michel était venu y chercher quelque chose et avait mal refermé la porte. Moi, curieuse comme une chatte... Plus tard, quelqu'un avait fermé la porte sans y regarder. Tout en me laissant caresser par la tante encore incrédule, je me demandais ce que la famille allait dire, devant le gigot d'agneau mainte-nant usé jusqu'à l'os...

Pour avoir la paix, ou par esprit d'indépendance, ou simplement pour me distraire, je me cachais dans des endroits auxquels on ne prenait même pas la peine de songer. On avait beau dire mon nom, je ne bougeais pas d'un poil. A la fois j'étais amusée et satisfaite de l'importance qu'on attachait à ma personne. J'étais surtout amusée quand on approchait tout près de moi et passait tout droit. On regardait sous les lits, derrière les canapés et les fauteuils, on interrogeait le concierge, on explorait l'escalier reliant notre étage aux autres, on sonnait même à la porte des appartements voisins. Et puis, voilà : à l'heure du repas, ayant quitté ma cachette sans qu'on me voie, j'étais assise au beau milieu de la cuisine comme si je venais de sortir du plancher. On faisait semblant de me gronder, mais j'avais bien entendu le soupir de soulagement. Ce qui me plaisait, moi, c'était de les entendre exprimer leur admiration pour le talent propre aux chats de n'être pas là tout en l'étant.

— Elle pétrit son pain, disait parfois la tante Bernadette.

— Elle boulange, répondait Germaine.

Il m'a fallu entendre ces mots-là plusieurs fois, avant de comprendre qu'ils décrivent le lent piétinement par lequel le chat exprime son bien-être. Ce balancement sur une patte, puis sur l'autre, tout en s'écoutant ronronner à l'approche du sommeil, quel délice !

Il s'est passé une chose que je n'aurais pas dû trouver drôle, puisque mes maîtres en ont eu le visage long. Ils recevaient des gens à dîner, dont un homme portant le prénom de Gustave. Normalement, notre Gustave à nous aurait été présent tout comme moi, je l'étais. Mais, vu les circonstances, on l'avait caché dans la chambre d'Ariane, absente pour la soirée, comme son frère. Au milieu du repas, un familier de la maison remarqua ma présence. On fit mon éloge. Quelle grâce ! Quelle souplesse, même quand elle ne bouge pas ! En effet, j'avais pris ma pose égyptienne : assise bien droite, les pieds d'en avant collés l'un contre l'autre.

— La chatte est magnifique, dit le familier de la maison, mais je ne vois pas votre... votre *Gaspard*. Votre caniche.

— Les enfants l'ont amené avec eux, répondit mon maître en bredouillant le moins possible.

A l'instant, la porte battante communiquant avec la cuisine s'ouvrait à moitié, quelque chose de lourd heurtait la porte, et voilà notre Gugusse cherchant sa maîtresse d'une chaise à l'autre pendant que la servante, un grand plateau à bout de bras, essayait de reprendre son équilibre perdu quand Gugusse lui avait glissé entre les genoux. Quelques invités riaient, dont le monsieur Gustave, mais pas les maîtres ! Surtout quand Germaine commença à dire qu'elle avait amené le chien dans la cuisine parce qu'il pleurnichait. Avant qu'elle n'appelle Gustave par son nom, le maître s'excusa, prit « Gaspard » dans ses bras et disparut vers la chambre d'Ariane. Il est probable que la maîtresse trouva moyen d'expliquer comment le chien se trouvait à la maison tout en étant sorti avec les enfants, mais je devais être trop occupée à sourire, l'explication m'a échappé. Ce que j'ai fini par apprendre, c'est que le danger était passé une fois pour toutes, ce monsieur Gustave étant un Français en visite à Montréal.

Je m'étais souvent demandé pourquoi les maîtres avaient donné à leur caniche le nom de Gustave. J'ai fini par le savoir. Dans un livre plein d'images, le fils me montra le visage d'un écrivain que son père admire beaucoup. Ce romancier, mort depuis long-temps, s'appelait Gustave Flaubert. On a eu raison : avec ses moustaches tombantes, cet homme ressem-blait d'avance à notre Gugusse.

Un matin, je fus l'objet de cajoleries toutes spé-ciales. On m'apprit que j'avais maintenant deux ans. La pensée que j'étais devenue un commencement d'adulte me chatouilla le cœur d'une double façon : j'étais fière et déçue d'apprendre mon enfance termi-née. Je l'avais tellement aimée, mon enfance ! Je me rendis compte qu'en effet mes jouets dormaient dans leur panier pendant des jours. C'est que mes souris, mes oiseaux et mes grenouilles étaient des animaux qui font semblant. A présent, je voulais des jouets comme ceux que j'avais attrapés à Sainte-Adèle malgré ma clochette.

COUP DE TONNERRE ! Moins Michel, nous partirions bientôt pour un long séjour dans ce Paris que j'entendais nommer si souvent. Nous irions là à bord d'un grand bateau. En fait d'eau, je connaissais le lac de Sainte-Adèle ; en fait de bateaux, quelques chaloupes vues de loin. La mer, ça durait pendant une semaine, paraît-il.

Il se produisit une chose curieuse : j'essayais d'être moins contente, je boudais la pensée de quitter un logement dont je connaissais si bien les meilleurs fauteuils, la marche du soleil d'une fenêtre à l'autre, les coins tranquilles. Un bruit de clé et je savais que notre porte d'entrée allait s'ouvrir ou celle d'un voisin se refermer. Et le pigeon Ernest... S'il revenait à nos fenêtres, moi absente, est-ce qu'il me penserait malade ?

Autre chose curieuse : plus j'inventais des objec-tions, plus le mot PARIS m'excitait tout bas. Ce devait être un endroit important, puisque l'appartement se remplissait non seulement de valises comme pour nos vacances à Sainte-Adèle, mais de grosses malles que je voyais pour la première fois.

Tante Bernadette était triste. Elle irait vivre chez une amie de son âge et m'aurait gardée avec plaisir. J'espérais qu'elle n'aille pas mettre cette idée dans la tête des maîtres, car maintenant je n'hésitais plus. Je sentais qu'à Paris, mon intelligence du langage humain s'enrichirait, car les Français parlent beaucoup. Pour aider ma cause, j'avais presque envie de faire semblant que je n'aimais plus tante Bernadette...

Si je m'attendais à pareil affront : le vétérinaire ! Exactement ce qui plaît à la race féline : se faire manier, palper, tapoter, dévisager en arrière comme en avant ! C'était « pour mon bien », ce manque de respect d'un bout à l'autre ; pour s'assurer que j'étais en parfaite santé. Je l'étais !

Le jour même du départ, une autre surprise m'attendait. La maîtresse s'approcha de moi avec un sac en toile qui avait la forme d'une valise. Elle fit glisser une fermeture-éclair, Ariane me souleva en emprisonnant mes pattes de derrière et me voilà dans le sac, le nez contre un grillage. Je ne voyais plus que les pieds de tante Bernadette. C'était ça, aller à Paris ?

Dans le bateau qui nous emmenait, la cabine comprenait deux pièces : une pour moi avec Ariane, l'autre pour les maîtres et Gustave. J'ai passé mes journées assise devant une vitre montant jusqu'au plafond ; je regardais l'eau courir le long du bateau. Elle était comme pleine de savon. Jamais je n'aurais imaginé tellement d'eau, entre Montréal et Paris. Dire que dans notre cuisine, je surveillais les robinets pour savoir quelle goutte tomberait la dernière !

PARIS

PARIS ? Parlons-en !

A peine étions-nous installés dans un appartement à peu près comme celui de Montréal, voilà que les maîtres et Ariane louaient une auto et partaient à l'aventure sur les routes de France. Avec Gustave, bien entendu. Cher Gugusse. Moi ? En pension !

J'avais comme voisins, chacun dans sa loge grillagée, des chats et des chiens de luxe. Fallait voir ces Parisiens, à leur arrivée ! Frisottés, enrubannés comme des boîtes de bonbons, ils regardaient à travers vous comme si vous n'étiez pas là. Je venais pourtant de Sainte-Adèle-EN-HAUT. Chacun d'eux se posait en champion. Surtout les mâles, bien entendu. Ce que ça peut être ridicule, un mâle ! La vanité dans tout son étalage.

Au bout d'une semaine, je commençais à connaître mes voisins et voisines par leurs noms. Les chiens de luxe avaient perdu leurs rubans ; toupets et queues se défrisottaient de jour en jour. Il n'y avait pas de coiffeur, ici, et pas de manucure ; personne pour le *brushing*, comme on dit à Paris. Privés d'applaudissements, ces poseurs étaient en train de devenir naturels. Je me demande s'ils n'y trouvaient pas un certain soulagement.

Une chose que j'ai apprise : quand l'un de ces chiens ou de ces chats prétentieux vient au monde, il reçoit une sorte de diplôme qui s'appelle pedigree. Le nom que le diplômé reçoit est laissé au choix de ses maîtres, mais il devrait commencer par la lettre qui est à la mode cette année-là. D'année en année, on parcourt l'alphabet. Si on est arrivé à la lettre P, le nouveau-né s'appellera, chez les francophones, Pacha, Papillon, Polisson, Perle, Poupée et ainsi de suite jusqu'à l'année suivante. J'ai omis Pétrouchka parce que je ne dois pas ce nom à ma naissance. N'est-ce pas ? Je le dois à un arrosoir, mais je me préfère à ces chats qui perdent leurs poils à poignées et ne sont pas loin de me donner une allergie.

Les maîtres et Ariane continuaient-ils de s'éloigner sur les routes ou avaient-ils commencé à revenir ? Songeaient-ils comme j'étais seule, dans ce fameux Paris ? Je m'exerçais à penser que je les aimais moins, mais sans le croire vraiment. Je les aimais encore, sans doute, mais je me demandais s'ils le méritaient. Leur arrivaient-ils de penser que malgré tous les chats et chiens qui m'environnaient, j'étais seule, dans ce fameux Paris ? Ce que j'étais tentée de faire pour leur montrer mes sentiments, à leur retour, c'était de m'exercer à bâiller. Je pratiquerais le bâillement jusqu'à me décrocher les mâchoires. Quand celui ou celle qui viendrait me chercher dirait :

« Bonjour, Pétrouchka ! », je répondrais par le plus grand bâillement qu'il ou qu'elle aurait jamais vu et entendu de sa vie. Mais bientôt un frisson courait le long de mon échine : et si on me donnait une autre famille ? Je rapprenais alors mon affection pour la mienne, — malgré tout.

Enfin je retournai dans l'appartement que j'avais entrevu à notre arrivée. Où étaient-ils allés, tous les quatre ? Gustave m'avait l'air joliment fatigué. Une chose que je n'ai pas comprise, c'est qu'à Paris, pour obtenir un logement il faut graisser la patte. Comme j'ai des pattes, j'attends...

Dans cet appartement, Ariane occupait une chambre à deux lits, dont l'un pour moi. Le maître travaillait dans une pièce donnant sur une cour intérieure.

Je ne pouvais qu'être perdue, les premiers jours. Tout ce mobilier étranger... A peine quelques objets nous appartenant... D'autre part, j'avais de quoi me distraire. Des yeux et du museau, je fis mon inventaire. On m'observait avec un intérêt évident. Le maître me comparaît à un détective ; Ariane et sa mère, à un brocanteur. Tout simplement, à la mode des chats, je me familiarisais avec mon nouveau milieu.

Souvent postée à l'une ou l'autre de nos fenêtres, j'apprenais qu'à Paris la rue s'anime dès le lever du soleil, même si on ne le voit pas se lever. Sur les boutiques d'en face la porte métallique glisse vers le haut et disparaît comme si la boutique l'avalait. Des ouvriers passent. Des écoliers aussi. Par douzaines, des femmes vont et viennent, d'abord les mains vides, ensuite avec des filets gonflés de provisions et un pain long comme leur bras. Elles se parlent, rient, font des gestes. C'est bien différent de ce que je voyais de nos fenêtres à Montréal, où la moitié des passants marchaient les bras collés au corps. Par ici, les mains s'agitent comme des ailes. Une chose qui étonne, les premiers matins, c'est de voir des femmes dehors en pantoufles. A certains moments, si la fenêtre est ouverte et si la rue se tait, les pantoufles chuchotent, le long des trottoirs.

De jour en jour, je constatais que les maîtres avaient beaucoup d'amis, à Paris. Des anciens et des nouveaux. Un jour, comme j'entrais dans le salon, l'un d'eux dit très haut en s'inclinant très bas :

— Ah !... la princesse noire !

Par la suite, ce galant homme m'a toujours saluée en me disant vous, jamais tu.

Les maîtres recevaient assez souvent une amie de leur âge qui avait peur des chats. Surtout des chats noirs. Mais pourquoi, dans ces conditions, porter un chapeau de vison noir ? Un soir, cette dame dînait à la maison, avec plusieurs personnes. Au moment de partir, elle fut la première à venir chercher son manteau et son chapeau. Comme ses yeux étaient mauvais, elle se mit à tâter les manteaux étendus sur le lit de la maîtresse.

— MIAOU ! dit le chapeau brusquement réveillé.

— Ô MON DIEU ! fit la dame en train de se décomposer.

L'instant suivant, le maître, la maîtresse et deux invités entraient dans la chambre comme moi, j'en sortais.

— Le chat ! cria la maîtresse, qui pensait bien m'avoir enfermée.

C'est tout ce que j'ai entendu, puisque je filais vers n'importe où. La dame leur a certainement expliqué ce qui était arrivé. Je sais deux choses : après le départ des invités, les maîtres et Ariane ont ri follement et quand cette amie revint les voir, elle ne portait pas le même chapeau. En tout cas, c'est ce qu'on m'a dit. Car cette fois on m'avait bien enfermée et je ne vois pas à travers les portes.

Un détail m'agaçait, parce qu'il se répétait à chaque visiteur nouveau. C'était la question :

— Pourquoi avez-vous donné à votre chatte un nom masculin ?

Ce n'était pas surtout la question qui m'agaçait, puisqu'elle était courte, mais la réponse, que je connaissais tellement ! « Elle avait trois mois... Nous avions loué une villa à la montagne... Et le reste et le reste... » J'avais beau ne pas vouloir écouter, ma curiosité l'emportait. Ça m'a permis de remarquer une chose : d'un visiteur à l'autre, le maître lissait son récit comme moi, ma fourrure.

Bien que le maître s'accordât beaucoup plus de sorties qu'à Montréal, il trouva moyen de m'apprendre à jouer au badminton. Dès que je l'entendais froisser un morceau de papier pour en faire une boulette, je courais prendre ma position sur un meuble, une chaise, un lit. En m'allongeant à l'extrême bord du meuble, je donnais à mes pattes de devant toute la liberté voulue et j'attendais la boulette. Elle retournait à la vitesse des étoiles filantes qui égratignent le ciel de Sainte-Adèle, au mois d'août. Ce qui me plaisait, surtout, c'étaient les éclats de rire du maître quand le projectile le frappait en plein front. Mais ce qui me mettait de mauvais poil, c'est qu'il m'obligeait parfois à jouer devant témoins. Le dialogue n'était plus sincère. Nous amusions la galerie et tout ce qu'il y a de chat en moi s'y refusait. Je le prouvais en m'appliquant à jouer mal. Les chats ne sont pas des m'as-tu vu.

Toute la famille poussa des cris de surprise, un matin. La rue était blanche ! La rue et les toits des automobiles qui séjournaient la nuit le long des trottoirs. C'était drôle, pour nous Canadiens, d'observer comment les voisins traitaient ce semblant d'hiver. Des hommes libéraient leurs voitures avec de tout petits balais faits pour épousseter les chapeaux ; sur le seuil des boutiques, les femmes éloignaient à grands coups de grands balais cette neige qui ne se prenait pas au sérieux.

Passé l'époque des Fêtes, les visiteurs d'occasion furent moins nombreux et je repris goût aux vraies conversations. Grâce à un familier de la maison, je savais maintenant que pendant des siècles, au moyen âge, on associa notre race à des pratiques de sorcellerie. A la voix rampante qu'il emprunta pour mentionner ces choses, je devinai qu'il y avait eu du diable là-dessous et que les chats n'étaient pas du côté des tortionnaires. Il eut la franchise de reconnaître qu'à l'exception de ceux que l'homme adopte par amour, les chats n'ont guère la vie facile. Je me rappelai avoir entendu quelqu'un annoncer qu'il avait encore d'autres chats à fouetter. Et puis, cette idée que si un chat noir traverse la rue, un malheur vous attend ! A ceux qui pensaient ainsi j'aurais voulu pouvoir dire qu'ils n'étaient pas seulement superstitieux, mais imprudents : être superstitieux, ça porte malchance.

Mais j'eus plaisir à entendre déclarer que le chat est le plus mystérieux des animaux. Je me suis dit : « C'est vrai. Autant le chien est démonstratif, autant je suis silencieuse. Ses émotions, il les gaspille; les miennes, je les couve. Mon regard ne révèle pas ce que je pense. A volonté j'en change la couleur et la forme. Cela ne peut qu'intriguer ceux qui m'observent pendant que je les observe. De plus, grâce à mes semelles élastiques je marche sans bruit, — autre façon d'être mystérieux, n'est-ce pas ? »

Assez souvent il m'arrivait de surprendre un visiteur me regardant avec une attention profonde. J'aimais croire qu'il était occupé à m'admirer, — chose d'ailleurs probable. Mais j'appris à deviner ce qui se passait derrière son front. Il se demandait à quoi *moi*, je pensais, derrière mes yeux qui ne clignent pas. « Eh bien ! monsieur (ou madame), que je lui répondais en moi-même, le chat pense, oui ! Comme il voit mieux qu'avec vos yeux et entend mieux qu'avec vos oreilles, il pense plus rapidement et sûrement que vous. Pendant que vous cherchez une décision, le chat est déjà en pleine action. Quant au langage entre chats, aucun problème. Nous communiquons non seulement par la voix, mais par le regard, par des grimaces, par le geste, le contact, la posture. De quelque race qu'il soit, tout chat connaît d'instinct le vocabulaire. La variété de nos miaulements est beaucoup plus grande que l'homme ne l'imagine. Il y a de tout, dans nos miaous. Bref, en réponse à votre question silencieuse, monsieur ou madame, je suis plus intelligente que je n'oserais l'admettre. »

Une fois, je fis un rêve où je parlais. C'était si vrai que même à demi réveillée, j'essayais de continuer... J'eus la naïveté de penser que ce rêve était un commencement, une promesse. Certains chats n'avaient-ils pas acquis la parole, dans un pays appelé La Fontaine ? C'est ce qu'Ariane m'avait dit. Je me suis rappelé aussi qu'à Montréal tante Bernadette en avait mentionné un, le jour qu'un ami chaussait Gustave pour une sortie en hiver. Il s'appelait le Chat botté. « S'il y a eu ceux-là, pensai-je, il peut en exister d'autres. Pourquoi pas moi ? »

A la suite de ce rêve où je parlais, je me suis mise à rêver plus souvent que d'habitude. Ariane l'a constaté et me l'a dit. Si je faisais un rêve agréable, je ronronnais, paraît-il. Au contraire, si j'avais peur, mon corps tremblait et je montrais les griffes.

Presque toujours, je perds mes rêves aussitôt réveillée. Mais je me souviens de l'un d'eux, pour y avoir repensé souvent. Un rêve terrible, provoqué par ce que j'avais entendu dire de la sorcellerie. C'était moi, la victime. Cela se passait devant un feu de cheminée comme nous en faisions à Montréal. Des inconnus voulaient me jeter dans les flammes parce que j'étais une chatte noire, et personne ne me défendait ! Les rêves appartiennent-ils à une autre vie qui accompagne la vraie ?

Soudainement, je me réveillai dans le vide ! Pour profiter du soleil printanier je m'étais allongée, ventre au ciel, sur l'appui d'une fenêtre grande ouverte, dans la chambre où le maître tapait à la machine. J'ai fait un plongeon involontaire et la famille s'est affolée. Un chat tombe d'un premier étage, ça ne mérite pas qu'on en parle. Mais ils sont arrivés tous à la fois, surgis de l'appartement du concierge, celui-là par derrière et sa femme derrière lui. Moi ? J'inspectais notre cour intérieure avec le plus de nonchalance possible. On me tâta le dos, les épaules, les pattes ; Ariane regarda mes yeux. Enfin on constata que cette chute n'avait dérangé aucun poil. Tout bas, ma fierté n'était pas contente. Heureusement, le concierge se mit à vanter l'agilité du chat. Quant à ça, j'aurais pu la prouver en tombant du troisième étage. Même du quatrième ? Je ne dis pas non tout à fait, mais aussi bien un autre chat.

J'ignorais si les maîtres l'avaient voulu ou s'il s'agissait d'une coïncidence, mais, le jour de mon quatrième anniversaire, j'eus la surprise de voir paraître tante Bernadette. A tort ou à raison, je plaçai cette surprise en tête de mes cadeaux. Après avoir caressé Gustave, la chère tante me flatta de long en large pendant plusieurs minutes. Michel excepté, notre famille se retrouvait au complet.

C'était la première fois que tante Bernadette venait en France. Les choses qu'elle verrait, moi, je les avais déjà vues ; nos voisins sur l'étage et les nouveaux amis des maîtres, je les connaissais ; pour moi, les surprises qui l'attendaient étaient vieux jeu. Je ne l'avouais pas, mais à côté d'elle qui arrivait toute neuve, je me sentais Parisienne.

J'appréhendais l'été. Les maîtres agiraient-ils comme l'année précédente : eux sur les routes, moi en pension ? Ariane me rassura. Nous passerions l'été tous ensemble, au bord de la mer, dans un endroit plein d'huîtres et de bateaux à voiles, et qui s'appelle Arcachon. De plus, Michel viendrait nous voir.

De Paris, nous fîmes le trajet en automobile, moi allongée là-haut derrière le siège où étaient assises Ariane et la tante, Gustave entre elles. Installée comme j'étais, je la découvrais enfin, la France. Elle défilait derrière moi avec ses villages, ses champs, ses vaches et ses moutons. La France est belle même à reculons.

Ce n'était pas à Arcachon proprement dit que les maîtres avaient loué une maison, mais dans une section nommée le Pyla, face à un bassin incroyablement plus grand que le lac de Sainte-Adèle mon pays natal.

LE PYLA

Chaque fois, le phénomène se produit. Quand je commence à récapituler ma vie, je perçois clairement la distance entre celle que j'étais et celle que je suis. Les gens, les choses, les événements, les voyages, tout cela a été vrai comme dans un miroir. Et voilà que peu à peu ma rêverie m'enveloppe au point que le passé redevient le présent. Je n'étais pas à Arcachon, j'y SUIS. Je n'avais pas quatre ans, je les AI. Je suis vigoureuse, agile, curieuse, intense...

MIAOU, et libre ! Tout le bord de la mer est à moi, y compris une énorme dune luisante de soleil ! Mais voici un bâtiment qui a déjà contenu des canons tournés vers la mer, dit-on. Y a-t-il du vivant, parmi ces décombres ?... Oui ! Entre les éboulis, la pierraille, la ferraille et quelques touffes d'herbe ici et là,

45

mon oeil a saisi des éclairs de vie ; mon oreille, des froissements menus, prudents, quasi involontaires. Parmi ces ruines il y a des oreilles aux écoutes, des yeux attentifs, des pieds prêts pour la fuite. Je me sentais importante : c'est ma présence qui faisait battre tous ces petits cœurs. A tort, puisque je ne suis pas prête à chasser. D'abord reprendre contact avec la nature. Laisser mon instinct sortir d'une sorte d'engourdissement. Pour le moment je savoure le plaisir de m'*imaginer* à l'affût parmi les herbes, puis peu à peu me déplaçant silencieusement, et soudain sur ma proie ! Mais sans la dévorer : aux heures de manger, on frappe sur une écuelle et mon repas m'attend. D'ailleurs, à condition d'être bien nourri, le chat domestique qui n'a pas goûté de la souris dès l'enfance demeure sans appétit de ce côté. La souris, c'est pour jouer. Un peu fort, sans doute, mais est-ce ma faute, si nos gestes ont des griffes ?

Tout ce mélange fait de moi une drôle de chatte. D'une part, je m'intéresse aux conversations des hommes ; d'autre part, l'instinct me sollicite. Je suis quoi, au juste ? Ça donne à réfléchir. Mais plus tard. L'été, c'est pour les vacances.

A la tombée du jour, hier comme avant-hier, un jeune homme et une jeune fille sont venus prendre connaissance du bâtiment en ruine. Je me demande ce qui peut les attirer dans un lieu pareil. Question de m'amuser, s'ils reviennent ce soir, je m'approcherai sans qu'ils m'entendent et ferai dégringoler d'un coup de patte la première canette en fer-blanc qui se présentera !

A ma courte honte, c'est moi qui ai eu la frousse. Tout à coup, une pétarade d'explosions suivies d'é-clairs ébranla le ciel. La guerre ! ! La famille a bien ri, quand je suis arrivée à folle allure. Tout le monde était sur le terrain, les yeux vers Arcachon d'où jaillissaient les détonations et les éclairs.

— C'est le 14 juillet, Pétrouchka ! C'est la fête nationale française !

Eh bien ! oui : ce que j'avais pris pour la guerre était un spectacle de feu artificiel. Mon orgueil souffre.

Heureusement, j'ai pu rétablir ma réputation dès aujourd'hui. Apercevant, au fond du jardin, un matou couleur moutarde, au gros nez carré, je me suis lancée dans sa direction avec des cris si perçants qu'il a vidé la place comme s'il avait eu deux fois quatre pattes. Comme il sautait la clôture, je lui ai écorché la queue au point d'en avoir des poils jaunes entre les ongles.

Si personne n'avait assisté à la scène, j'aurais conservé cette cueillette de preuves et créé l'occasion de placer mes griffes bien en évidence. Je n'ai pas eu à le faire, car la maîtresse lisait, dehors, face au jardin. Maintenant elle sait comme je défends notre territoire et protège Gustave.

La maîtresse, tante Bernadette et Ariane sont parties pour une petite ville où une église fait des miracles en l'honneur d'une jeune fille qui s'appelait aussi Bernadette. La tante est partie avec sa canne, mais pas parce qu'elle est malade. Elle porte sa canne pour ne pas avoir besoin d'un miracle, comme elle dit.

Maintenant Michel est avec nous. Chaque nuit, il s'assoit dans l'escalier de pierre qui zigzague jusqu'au bord de l'eau. La première fois, c'est par hasard que je me trouvai près de lui qui regardait les étoiles. Il a tout de suite deviné qui j'étais et m'a parlé gentiment. Cela faisait étrange, être seule avec lui que je n'avais pas vu depuis un an. D'habitude si remuant, il était au repos, en paix avec la vie. Comme moi quand je ronronne.

La nuit suivante, j'ai fait exprès. Il m'attendait. A sa façon de me flatter, j'ai compris que ça lui plaisait, que les choses se déroulent comme la veille. Le jour durant on s'était entrevus, au milieu des autres, mais ce n'était pas pareil. Une sorte de secret était née entre nous, depuis la veille. Il s'occupa de moi pour commencer, mais ensuite il retourna à lui-même, les coudes sur les genoux. Je me demandais à quoi il pensait. A des projets, sans doute. Il en improvise toujours à la douzaine. Pendant qu'il songeait, on entendait le froufrou de l'eau, au pied de l'escalier, tout en bas. Au-delà du bassin tremblotaient encore quelques lumières.

Le troisième jour, il apporta sa guitare. Parce que je ne l'avais pas entendu jouer depuis un an, je me sentais à la fois à l'endroit où nous étions et dans notre appartement de Montréal. Il me semblait entendre roucouler des pigeons, à travers la musique. Surtout mon ami le pigeon Ernest. La nuit, on imagine ce qu'on désire et tout paraît possible. Au grand jour, l'imagination pâlit. La nuit, on voit des choses inexistantes et on y croit.

Qui voici, qui voilà parmi nous ? Un autre caniche, mais tout petit, tout blanc, venu des États-Unis dans les bras de sa maîtresse, une amie d'Ariane. Elle s'appelle Linda et lui, Chouchou. Ce freluquet est beaucoup trop jappeur pour mon goût. Je n'étais pas habituée à cela : Gustave est un chien qui larmoie, mais non qui aboie, ou rarement. Les éclats de voix du Foufou me rendent Gustave de plus en plus sympathique.

Une chose m'amuse. A l'entrée de la propriété, une affiche dit : CHIEN MÉCHANT. Quand je pense à Gustave le gros méchant, il faut rire. Mais encore beaucoup plus si j'imagine les passants apercevant Chouchou !

Je dois m'avouer qu'après une semaine parmi nous, le petit Américain ménage ses transports. Ou peut-être suis-je acclimatée à sa présence. Pour chacune et chacun, quel bel été ! Les demoiselles se baignent dans la mer et se chauffent au soleil ; la maîtresse lit, Gustave à ses pieds ; tante Bernadette écoute la radio ; le maître compose des mots, Michel compose des notes. Moi ? Moi, je m'accorde tous mes caprices. C'est merveilleux.

Malheureusement, le parfait bonheur s'use vite. Aujourd'hui il y a du chagrin, chez nous, malgré le soleil : tante Bernadette est partie. Avec deux valises et son chapeau de Paris. La famille est allée la conduire à Bordeaux. Moi, je suis restée avec Linda et Chouchou. Je me sentais toute drôle, dans le grand silence. Parce que moi aussi, j'ai de la peine. En même temps il fait soleil et il fait triste.

Maintenant, c'est Michel qui nous quitte. Il a pris de belles photos de nous tous. Une de moi, surtout. J'espère qu'on l'encadrera : on l'a fait pour d'autres. N'est-ce pas, la Juliette à Roméo ?

J'ai le cœur gros, que Michel ne soit plus là. Avec sa guitare, ses chansons, ses caméras, ses tours de magie et ses éclats de rire, il prend tellement de place qu'on se demande combien de personnes sont parties en même temps que lui. Mais pour moi qui aime le calme, ce n'est pas à cause de tout ça que son départ me touche. C'est à cause de nos rencontres dans l'escalier de pierre. Pour ainsi dire, je ne l'avais connu qu'en pleine activité. C'est pour l'avoir connu autrement que je trouve l'escalier vide, la nuit, sous les mêmes étoiles.

A notre tour, nous quittons ce coin de pays où j'ai été si heureuse.

ENCORE PARIS

Nous revoilà dans cet appartement de Paris donnant sur la même rue jour après jour. Si au moins les fenêtres avaient changé de mur, pendant notre absence !

Ariane et Linda partagent la plus grande chambre. Jusqu'à nos vacances au Pyla, je couchais avec Ariane. Mais à cause de Chouchou-le-fou qui saute d'un lit à l'autre et que le moindre de mes mouvements ferait japper... C'est quand même injuste, qu'un étranger empiète à ce point sur mes droits. Je proteste de toute ma bouderie, je rouspète de tout mon silence.

Je pourrais dormir dans la chambre du maître, mais comme il a le sommeil léger, mieux vaut pas. Il m'arriverait de sauter à bas du lit, ensuite d'y remonter, ensuite de ronronner trop fort, ensuite de me faire un brin de toilette, ce qui m'arrache des grognements quand je déracine une touffe de poils difficiles à atteindre. Je couche donc un peu partout dans la maison ou bien je m'y promène comme un fantôme.

A l'automne, que se passe-t-il autour de moi privée de liberté ? Des amis viennent parler, boire et manger ; le téléphone sonne ; on écrit des lettres et le facteur en apporte ; le maître tape à la machine ou joue du piano ; Ariane brosse Gustave et Linda baigne Chouchou qui sort de l'eau effilé comme un crayon ; on lit des livres et des journaux ; on regarde la télévision ; Ariane et Linda vont chercher les provisions ; ou bien tous sortent ensemble, y compris Chouchou dans les bras de Linda, et je reste seule avec Gustave trop gros pour se voir accepté où ils vont.

A quoi pense Gustave, sa maîtresse absente ? A s'ennuyer à pleine gorge. Même si le chat a le don de s'isoler mentalement, essayez donc de faire la sieste ! A quoi *moi*, je pense, le maître absent, ou Ariane ? A souhaiter leur retour, mais je suis la seule à le savoir. Fierté du chat. Sur ce point, d'après Ariane, j'ai quelque chose d'espagnol. Elle peut en juger, elle qui a étudié à Madrid. N'est-ce pas ?

Depuis quelque temps, Ariane et Linda s'amusent aux dépens du maître. L'autre nuit, comme je passais devant sa porte ouverte, voilà que j'entendis une voix d'oiseau : coucou !... coucou ! Après un silence, cela recommençait. Bientôt une lampe s'alluma et je vis le maître assis dans son lit, mal réveillé et tout aussi intrigué que moi. En même temps je crus entendre rire, le plus bas possible, dans la chambre des filles. Le maître se leva, ouvrit une seconde lampe, secoua les rideaux de la fenêtre, regarda derrière le fauteuil, sous son lit, dans le placard. Même pour moi dont l'oreille est si fine, il était difficile d'imaginer d'où provenait la voix. L'oiseau était dans la chambre, aucun doute, mais où ? Je voulais bien que ce soit moi qui le découvre, mais ce fut le maître, — dans un tiroir de la commode. En voyant cet oiseau mécanique muni d'une clé sous la queue, il m'a semblé que les filles rigolaient aussi à mes dépens.

Assez souvent, Linda m'appelle *Petrouchcat*. Après quoi, un grand éclat de rire. Je n'ai pas à m'offenser, car Linda est taquine, mais jamais moqueuse. C'est par amitié qu'elle joue avec mon nom.

Nous avons maintenant une cuisinière, du nom de Martine. Chaque matin, à son arrivée, elle dit : « Bonjour, m'sieu dames », même si le maître est le seul homme présent. Chaque soir, à son départ : « Bonsoir, m'sieu dames. » Il paraît que cette manière de dire est très répandue, à Paris, mais qu'il vaut mieux s'en priver. Martine travaille vite, elle travaille fort et elle cuisine bien, Messieurs Dames.

Encore les *girls*, comme dit souvent la maîtresse en l'honneur de Linda l'Américaine. Cette fois, les espiègles sont allées un peu loin : j'en ai fait le gros dos jusqu'au plafond. Elles m'ont jetée nez à nez avec une bête grise à la tête toute mince, sans poils ni oreilles, et qui me regardait fixement, aussi immobile que moi. Bien sûr, c'était Gustave. La tête privée d'oreilles venait de ce que les filles l'avaient coiffé d'un vieux bas. Lui, c'est mon dos qu'il interrogeait avec effarement. Je n'ai pas goûté la plaisanterie. Gustave encore moins, car on lui impose maintenant ce serre-tête chaque fois que son assiette contient de la soupe ou du ragoût.

Depuis notre retour à Paris, un souci mijote en moi. Ces conversations que j'écoutais avec tant d'intérêt, l'hiver et le printemps derniers, me laissent maintenant quasi indifférente. Moi qui m'étais crue civilisée, je découvre à quel point l'instinct a pris le dessus, pendant mes belles vacances. Je me voudrais encore là-bas où j'ai pratiqué la joie de voir, d'écouter, de sentir, de courir, de sauter, d'avoir un corps souple et beau, — et tout cela était MOI ! Je suis troublée. Je me cherche.

Or voilà que nous avons reçu la visite d'un savant.

Je ne prétends pas qu'il venait pour parler des chats, mais il l'a fait dès qu'il m'a vue. Grâce à lui, j'ai appris des choses que mon instinct connaissait sans que je m'en doute. A mesure qu'il parlait, j'approuvais. Exemple : le chat enregistre les vibrations non seulement par l'oreille, mais par les longs poils de ses sourcils, de ses lèvres et de ses joues. Dans chacune de mes moustaches il y a un nerf qui améliore mon sens du toucher. Là-dessus, Ariane a mentionné le fait que si un chat hésite à s'aventurer dans une ouverture, il en prendra la mesure avec ses moustaches. C'est elles qui lui diront : « Nous passons ; donc les épaules suivront ». Ariane a demandé si cette opinion populaire était la vérité. Le savant a souri et répondu dans le vague. *Moi*, j'aurais dû connaître la réponse. Le problème, c'est que je n'ai jamais eu à franchir que des portes, dix fois plus larges que moi. Ce dont je suis certaine, c'est que si on me privait de mes antennes, je deviendrais presque sourde et aveugle. Mes moustaches ne sont pas là pour l'apparence. Je ne suis pas ce beau monsieur qui dîne parfois à l'appartement et retrousse les siennes après chaque bouchée. Mes moustaches à moi influencent ma façon de vivre et de penser. Je m'en doutais, mais un savant l'a affirmé. De plus, j'ai appris que les

moustaches du chat se nomment aussi bivrisses. Non.
Vibrisses.

Depuis la visite de ce connaisseur en chats, je sens
que je vais redevenir celle que j'étais avant notre
séjour à Arcachon. Là-bas, j'ai été heureuse d'être
comme la nature m'a voulue, mais à présent que me
revoici parmi des meubles et que je n'entends plus
d'oiseaux, que je ne fais plus la sieste au flanc de la
grande dune et ne contemplerai plus de clairs de lune
étalés sur l'eau, mon attention se tourne vers cette
moi-même qui avait pris goût à bien écouter pour
comprendre encore mieux.

Je retrouve la question que je m'étais adressée au
début des vacances, mais elle se présente sens devant
derrière. Là-bas, la chatte domestique redécouvrait
la nature ; maintenant, la chatte naturelle se veut
civilisée. Suis-je ni l'une ni l'autre ou les deux en une
seule ? C'est aussi compliqué que la première fois.

Quand un chat s'exerce à penser comme les humains, bien des choses le surprennent. Cette fois,
c'est mon âge. Comme j'ai quatre ans et demi, il
paraît que si j'étais humaine j'en aurais trente.
Ariane en a vingt et un. Sans que je m'en aperçoive,
elle est devenue plus jeune que moi. Ça donne à
réfléchir, n'est-ce pas ?

Autre chose. Les maîtres ont un ami toujours
enroué. Pourquoi la maîtresse m'a-t-elle raconté que
cet homme a un chat dans la gorge ? Comme la chose
est impossible, elle a dû vouloir dire que cet homme
possède un chat qui perd son poil.

Autre chose encore. Une remarque que j'ai
entendue : chez les chats, la femelle s'adapte mieux à
la vie humaine que le mâle. Cela s'explique. Le matou

cherche l'aventure, qui se présente peu souvent entre quatre murs. Tant mieux pour les têtes folles dont profiterait cet égoïste.

Avec son Chouchou légèrement plus gros qu'à son arrivée, Linda retourne aux États-Unis pour Noël. Pour Noël et pour toujours. A sa façon de m'appeler la princesse *noâre*, je sens qu'elle a du chagrin à me quitter. A quitter *moâ* et les pâtisseries françaises.

Les maîtres ont reçu la visite d'un couple marié que je rencontrais pour la première fois et les maîtres pour la deuxième fois seulement. J'ai l'impression que les relations vont mourir dans l'œuf. A cause de moi.

— Vous avez un chat ? a dit l'homme.

— Pas possible ! a dit la femme. Moi, je tiens les chats en horreur !

Les maîtres voulurent savoir pourquoi. Mes ennemis fournirent des raisons sottes, imaginaires, menteuses et injustes. Les maîtres parlèrent en faveur des chats. Puis des chiens, bien entendu.

— Ah ! chantèrent en duo l'homme et la femme, le chien, c'est autre chose. Généreux, amical, fidèle, intelligent, dévoué...

Les visiteurs comprirent enfin qu'ils gaffaient. Un quart d'heure plus tard, ils prenaient congé sur un échange de fausses promesses : on se reverrait avant longtemps, n'est-ce pas ; on dit parfois des choses sans les croire, n'est-ce pas... La porte à peine refermée, le maître me prit dans ses bras et m'embrassa. Comme je me trouvais à hauteur de son visage, la maîtresse en fit autant. J'étais quand même déçue : malgré le savoir-vivre, ils auraient dû me défendre vigoureusement. N'est-ce point !

Ce matin de Noël, j'ai compris pourquoi le maître s'était montré réservé, à l'égard du couple qui déteste les chats. C'est qu'il avait choisi de me défendre par la plume. Bien sûr, j'ai reçu des cadeaux, dont un laissé par Linda au nom de Chouchou. Mais ma vraie joie, ce matin, c'est le poème que le maître a écrit pendant la nuit pour me déchagriner. Comme je ne sais pas lire, Ariane l'a fait pour moi.

UN CHAT SE DÉFEND

Je suis le chat qu'on calomnie.
Pourquoi toujours cette manie
D'exiger que je sois parfait ?
Ce n'est pas moi qui me suis fait,
Mais la nature, — et qu'y pourrais-je,
N'ayant pas l'humain privilège
De défigurer terre et ciel ?
Me voudrait-on artificiel ?

On m'accuse d'être hypocrite,
Alors que mon plus grand mérite
Réside dans le quant-à-soi,
Autrement dit, se tenir coi
Au lieu de casser les oreilles.
Préfères-tu, quand tu sommeilles,
Une explosion d'aboiements
A t'émietter les ossements ?
Pour certains chiens, je le confesse,

Il arrive que je professe
Mettons à peu près la moitié
D'une suffisante amitié.
Mais il me plaît d'être tranquille
A la façon d'une presqu'île,
Solidaire, oui, mais à l'écart.
Ma presqu'île, c'est le placard.

On dit que je suis égoïste.
Va-t-on prétendre qu'il existe,
Allons-y tous d'un plein aveu,
Quelqu'un qui ne le soit un peu ?

On dit ma nature trop fière.
Je le veux bien : c'est ma manière
D'échapper à la vanité.

Je manquerais d'aménité,
Je serais froid. Je suis pudique.
Aussi, ma caresse est modique
Quand mon sentiment ne l'est pas.
Ma fierté dit non aux éclats,
Il lui déplaît d'être en vitrine.

Autre blâme qui me chagrine,
Contraire à la réalité :
Mon manque de fidélité,
Moi qui ferais des kilomètres
Pour revoir la maison des maîtres
Qui m'auraient, eux, abandonné.
Mais l'homme m'eût-il pardonné
Et déploré ma solitude,
Ou maudit mon ingratitude,
Si le contraire avait eu lieu ?
Peut-être bien... Seul le sait Dieu
Qui nous a faits ce que nous sommes,
Chiens, chats et autres, et les hommes.

Je suis cruel, dit-on souvent.
Veut-on que je mange du vent ?

L'homme est-il doux, quand il pratique
Chasse, commerce et politique,
Et l'accroissement des cartels
Et la course aux engins mortels ?
Là ! pour un chat, je m'outrepasse.
Il est temps de rendre sa place
Au ronron qui m'est coutumier.
Regagnons le mollet sommier
Où savourer ma récompense
Pour avoir dit ce que je pense.
Merci de m'avoir entendu.

Reste à savoir si j'aurais dû...

Idiot ! j'aurais dû me taire :
J'ai dévoilé tout mon mystère !

A l'occasion du jour de l'an, Ariane a reçu la visite d'un jeune professeur qui adore ma race. Non seulement l'ai-je compris à la caresse savante qu'il m'a glissée sous le menton, mais il a déclaré en paroles qu'il aime et *connaît* les chats. Comme il parlait, Gustave est apparu. Le professeur lui a dit bonjour comme à une mouche et revint tout de suite à moi.

Le poème écrit pour moi par le maître m'avait émue, mais ce que racontait le professeur me gonflait d'orgueil malgré ma modestie. Au temps de l'ancienne Égypte, on *vénérait* le chat ! On en avait même fait un dieu ! Ariane semblait être au courant de ces merveilles, car tout en me souriant elle amorçait des mouvements de tête qui disaient oui. Ces gens des Pyramides n'étaient quand même pas des fous. Il est bien possible qu'en divinisant le chat, ils protégeaient ma race contre les méchancetés des hommes.

Quoi qu'il en soit, ces paroles du professeur balayè-rent l'incertitude où je flottais depuis notre retour d'Arcachon. C'est décidé : tout en conservant mes qualités félines et la souplesse de mon corps (pour les vacances), je *veux* devenir . aussi humanisée que possible. Autrement, pourquoi suis-je née intelligente ? Je compte que cette année nouvelle amènera chez nous beaucoup de visiteurs qui échangent des idées à la façon dont le maître et moi, nous nous renvoyons encore la boulette de papier. Vive Paris !

Dans cet appartement, il est rare que le téléphone sonne en fin de soirée. Peut-être parce que les Français se couchent tôt. Eh bien ! notre téléphone a sonné vers minuit.

C'est le maître qui a répondu. Il écoutait sans parler et semblait comme étourdi. Sur les entrefaites, Ariane rentra. Ainsi, elle apprit la raison de cet appel en même temps que sa mère. Elles embrassèrent le maître et le félicitèrent, mais sans applaudir. Suivit une longue conversation où le mot Ottawa revenait souvent.

Aujourd'hui, je sais tout. Par Ariane. On offre un poste à son père, à condition qu'il accepte ou refuse très bientôt. Moi qui comptais revoir le professeur ami des chats, je ne sais comment prendre cette nouvelle.

Est-ce que le maître sait comment ? Il tourne en rond comme je courais après ma queue quand j'étais jeune. La maîtresse et Ariane attendent... Moi aussi.

Eh bien ! le maître nous quittera à la fin du mois. Ariane et sa mère, moi et Gustave resterons en

France jusqu'à mon anniversaire, en plein printemps. Quant à ce poste à Ottawa, je devine qu'il n'a rien à voir avec l'écriture. L'autre matin, un journaliste a dit : « Vous changez votre fusil d'épaule. » Le maître va-t-il devenir soldat ?

Comme je serai longtemps sans le voir, je profite de sa présence le plus possible. J'aimerais qu'il me renseigne. Y a-t-il des arbres, à Ottawa, des fleurs, des pelouses, des rues différentes de cette même éternelle rue qui passe sous nos fenêtres ? Si encore elle passait !

Presque chaque jour, le maître se rend dans un endroit appelé ambassade et il en rapporte des papiers qu'il examine avec la maîtresse ou Ariane. Ce soir, il était si absorbé dans sa lecture, qu'il ne m'accordait même pas un regard. J'aurais aimé qu'il me prenne sur ses genoux. Ça ne l'aurait pas empêché de lire. Je me disais : « S'il continue à oublier ma présence, j'irai frôler sa jambe. Je sais ce qu'il me dira pour la douzième fois, tout en rappelant que cette phrase n'est pas de son invention et qu'il la croit fausse : 'Le chat ne nous caresse pas, il se caresse à nous.' Je patienterai encore un peu, mais je suis disposée à mettre l'orgueil de côté et à faire les avances. Par reconnaissance, une fois sur ses genoux, je m'appliquerai à ronronner le moins fort possible. Les lectures sur le Canada, faut respecter ça. »

Je l'ai si bien respectée, sa lecture, que je n'ai même pas bougé. La jolie scène que je viens de me décrire est restée une intention.

Le maître est parti. Le piano ne sert plus à personne ; ce meuble qui chantait est un meuble comme les autres. Tout l'appartement a changé de *son*. Les voix d'hommes y sont rares. Les voix qu'on entend sont celles de la maîtresse, d'Ariane et de leurs amies à chacune, et celle de Martine la cuisinière. (Entre elles, la maîtresse et Ariane l'appellent « Martine-les-bananes-flambées », parce qu'elle raffole de ce dessert.) Le seul mâle parmi nous, c'est notre Gustave toujours le même, c'est-à-dire bon garçon.

L'appartement devient de moins en moins *vrai*. La maîtresse et Ariane parlent beaucoup du Canada où nous reverrons Michel. Elles parlent comme si Paris était déjà derrière. Le maître a écrit une longue lettre où il demande surtout qu'on m'embrasse.

Les journées se ressemblent. Moi, je tourne le dos aux fenêtres, tellement la rue se répète. Ariane et sa mère visitent les magasins et Gustave accomplit ses promenades obligatoires. Quand je pense qu'elles lui méritent l'attention publique ! D'autre part, où ferait-il honneur à ses obligations ? Excepté le sapin de Noël, les arbres ne poussent pas dans les maisons.

A ma grande joie, le jeune homme ami d'Ariane et ami des chats est revenu la voir et il a encore parlé de moi. Il a dit que le moindre faux pas jette le chat sur la défensive, même s'il aime la personne concernée. C'est vrai. Le chat n'oubliera jamais une injustice grave dont il aura .été victime devant témoin. C'est vrai. On ne blesse pas sa fierté impunément (surtout la mienne). Il a parlé aussi de ce sens de la direction que possède le chat. A moi, il n'apprenait rien. Mais ce qui m'a désorientée, c'est quand il a dit que le chat retrouve sa route comme s'il était relié au point de départ par un fil d'Ariane. A Sainte-Adèle, on m'a déjà reliée à notre perron par une corde. Mais par un fil ?... Un fil d'*Ariane* ? ?

A cause de notre prochain départ, des amis canadiens viennent faire visite. Mais comme la plupart m'ont vue souvent, je ne retiens plus leur attention et leur rends bien le compliment. Un jour, une amie française est venue avec son chien qui n'aime pas les chats. J'ai donc tenu compagnie à Martine-les-bananes-flambées. Soudain on entendit la maîtresse lancer à pleine voix : « Gustave ! » Peu après, elle nous amenait un Gustave tout essoufflé, en recommandant à Martine de bien le garder avec elle, le chien en visite étant une demoiselle. Je n'avais jamais vu notre bon garçon dans cet état ridicule. Que les mâles sont risibles !

— As-tu perdu la breloque ? lui demanda Martine.

N'ayant jamais vu de breloque, je me demandai ce qu'elle voulait dire. Je me le demande encore. J'ai beau faire le tour de Gugusse, je ne vois rien qui manque.

Instruite par notre départ de Montréal, je devine de quoi l'appartement aura l'air, dans les jours qui viennent. A cause des adieux, mère et fille mangent au restaurant ou chez des amis encore plus souvent que d'habitude. Presque chaque fois on amène Gustave et je reste avec Martine qui s'occupe autant de moi que si j'étais mon ombre. Le frigo contient de moins en moins de choses, mais on y verra des bananes jusqu'à la fin.

Nous partirons demain. Une dernière fois on ouvre et referme les tiroirs, on repasse la main sur les tablettes, on regarde sous les lits. Ces départs, je commence à les connaître. Il s'agit pour moi d'être à l'écart du va-et-vient. Mais attention ! Au dernier moment, chacun perdra la mémoire : ce sera le temps pour moi d'être voyante.

Le jour de mon cinquième anniversaire, la maîtresse, Ariane, moi et Gustave quittons Paris par chemin de fer. La Normandie défilera sous mes yeux. Eh bien ! non. A peine sommes-nous dans le compartiment, une grosse dame se met à éternuer et prétend que ça lui vient de ma présence. Ariane et sa mère protestent ; la commère se plaindra aux autorités. Il y a un homme, aussi, dans le compartiment. Il donne raison à sa compatriote. Entre Français, on se chicane ; devant l'étranger, on s'unit, — provisoirement. N'est-ce pas ? Du fond de ma valise, je pense aux chats de l'ancienne Égypte, qu'on vénérait.

Encore une fois du fond de ma valise, j'entends dire que le paquebot sur lequel nous montons est le plus long qui existe. C'est possible, mais quelle déception, en me rappelant la cabine avec une vitre jusqu'au plafond, sur le navire qui nous amena en France ! J'espérais une fenêtre encore plus grande, d'où regarder encore plus d'eau et peut-être d'énormes poissons. Eh bien ! notre cabine a deux fenêtres rondes, placées trop haut pour moi.

Une chose me venge. Deux fois par jour, en se rendant à la salle à manger, la maîtresse et Ariane me déposent au chenil AVEC GUSTAVE. On lui refuse la salle à manger. Tout canin qu'il soit, nous nous sustentons côte à côte derrière le même grillage. Comment ne pas me rappeler la pension où j'ai subi mon premier été à Paris ? Surtout qu'à bord de ce beau navire, j'ai encore l'honneur de voisiner avec des chats et des chiens de luxe. La différence, c'est que je n'éprouve plus ce sentiment d'infériorité que j'avais cherché à combattre par la moquerie. J'ai été Parisienne, moi aussi.

Je fais une traversée sans mal de mer. Gustave pareillement. Tandis que certains de nos prétentieux voisins et voisines ont l'estomac joliment étourdi. A ce propos, j'ai entendu le directeur du chenil dire à quelqu'un : « La mer, c'est comme la vie. Elle a ses hauts et ses bas. » Pensée profonde.

UNE TROISIÈME
FOIS MONTRÉAL

Me voici dans l'appartement de Montréal que nous occupions avant de vivre en France. Mais je ne sais plus... Un par un je reconnais les meubles, les tapis, les objets qui ont dormi à leur place pendant mon absence, mais c'est comme si j'étais devenue moi plusieurs fois : Montréal, Sainte-Adèle, Paris, Arcachon, le bateau... Aucun doute, j'ai vécu ici, mais tout m'y semble moins réel que dans mes souvenirs. On dirait que ma présence, je la *prête* ; qu'avant longtemps je serai de nouveau à Paris. Moi qui avais tellement hâte de Montréal...

Je me retrouverais mieux si le maître était là (il est à Ottawa), et pareillement Michel (il a son appartement), tante Bernadette (elle habite avec une amie), notre servante d'alors, et son oncle Lionel. La table de travail du maître et celle de Michel sont toutes nues : ni livres, ni papiers, ni crayons, ni aucun des objets que je contournais sans les faire tomber, quand j'étais jeunette. Et le piano est parti.

Détail curieux : à qui ai-je d'abord pensé, dans la cuisine ? Au pigeon Ernest « couleur de rouille », comme dit Ariane. D'un seul coup de reins, maintenant, j'ai atteint l'appui de la fenêtre. Aucun pigeon. Devant aucune fenêtre. On a dû les chasser. Au lieu d'Ernest, je retrouve l'assiette carrée qui était la mienne.

Parents et amis viennent voir la maîtresse et Ariane (le maître en fin de semaine) parce que nous sommes de retour à Montréal. A Paris, on venait parce que nous partions. Là-bas, des visiteurs tristes ; ici, des joyeux. Ce sont les hauts et les bas de la vie, — comme sur la mer. Ceux qui m'ont connue plus jeune poussent des exclamations. Je veux bien être modeste et je le suis, mais tant de compliments font plaisir. D'ailleurs, il ne s'agit plus de compliments, quand tout le monde est d'accord. Il s'agit d'une évidence. N'est-ce pas ?

Comme tout chat qui respecte son indépendance, j'insiste pour faire mes sommes aux heures de mon choix, aux endroits et dans la posture de mon choix. Ici même, autrefois, il m'arrivait de dormir dans un plat à vaisselle. C'est que le chat dort beaucoup plus tranquille, s'il se sent à la fois protégé tout autour et capable de fuir à l'instant. Curieux comme peu de personnes comprennent cela.

— Pauvre minou ! lance quelqu'un. Tu n'es pas bien, couché en chien de fusil ! Tu seras tellement mieux, allongé sur ce canapé ! Allons-y dans mes bras. Un coussin dans ton dos ? Un autre ? Les voilà. Maintenant, reprends ton dodo.

L'ignorant parti, le chat retourne s'installer comme il était. Mais ça veut dire quoi, un chien de fusil ? Ça doit se rapporter à un chien de chasse.

Dans la chambre d'Ariane, je regarde les photos des deux chats qui m'ont précédée. Je trouve Roméo présentable, mais cette Juliette qui me pinçait le cœur ? Quelle sotte j'étais ! Quoi de plus banal, dans sa robe grise ? Était-elle même intelligente ? Avait-elle traversé l'océan ? Connaissait-elle la France ? Avait-elle écouté parler des savants et des professeurs ? Savait-elle que dans l'ancienne Égypte ?... Il suffira ou je penserai qu'elle m'agace encore. Ce serait loufoque.

Me voilà encadrée, moi aussi. La magnifique photo prise au Pyla par Michel attire et retient tous les yeux.

C'est maintenant l'appartement de Paris qui devient moins vrai. J'ai repris mes habitudes sans avoir eu à réfléchir. Certaines choses m'ont aidée, bien sûr : tante Bernadette occupe pour un temps son ancienne chambre ; Germaine vient cuisiner trois fois par semaine et on voit Michel assez souvent. C'est bien ici que j'ai été petite chatte, prête à jouer pour un rien ; ici que tout m'étonnait, m'intriguait, me fascinait.

Je remarque une chose : l'appartement est beaucoup plus silencieux qu'à l'époque où Michel y recevait ses copains et à peine une porte se fermait-elle, qu'une autre s'ouvrait et une troisième se fermait quand s'ouvrait la première ou la deuxième. Je n'aime pas le bruit, mais depuis que Michel est devenu mon ami, au Pyla, je souhaite qu'il vienne souvent.

Une pensée tourne au fond de ma tête, depuis quelques jours. Avant notre départ pour Paris, on me disait : « Es-tu contente, Pétrouchka ? Tu verras la France ! » Avant notre retour à Montréal : « Es-tu heureuse ? Tu vas retrouver l'appartement où tu as eu un an, deux ans et trois ans. » Cette fois, personne ne me dit : « Contente ? Tu vas voir Ottawa. » La pensée qui me tourmente, c'est que, cette fois, je resterais à Montréal avec tante Bernadette. Je l'aime bien, mais quand même... Autre pensée : le gouvernement accepte-t-il les chats ?

On choisit les meubles qui partiront pour Ottawa ; on a empaqueté les livres qui suivront les meubles. Une partie de ces choses attend dans le hall. Ce que je surveille, pour le moment, c'est mon fauteuil préféré. Si, au lieu de l'envoyer à Ottawa, on le prête à tante Bernadette, j'aurai de quoi m'inquiéter. A la toute dernière heure, c'est ma valise et mon plat de sable que je surveillerai.

Je n'aime pas ce que je vois. En déshabillant l'appartement, on touche à mon enfance.

OTTAWA

Moi aussi, je suis dans Ottawa la capitale. L'important, c'est de connaître par cœur notre nouvelle maison. D'abord, une sortie en cas d'alerte. Les habitudes à prendre viendront plus tard, — si je me donne la peine d'en prendre, cette fois.

La maison a deux étages, mais on la compare à une maison de poupée. Nos meubles y semblent plus gros qu'à Montréal. Elle est située dans une partie de la ville tellement remplie d'arbres, qu'on ne sait pas où finissent les feuilles de l'un et commencent celles de l'autre. Et qu'est-ce que j'ai vu pour la première fois de ma vie ? Des écureuils noirs ! Mais la chose qui me ravit entre toutes, c'est que nous avons un jardin avec un pommier auquel est accrochée une maisonnette pour oiseaux...

En arrière, la maison se termine par une galerie vitrée. Quand le soleil la réchauffe, j'y fais souvent la sieste. Mais j'ouvre parfois un œil pour m'assurer que la maisonnette aux oiseaux est toujours à sa place, et je cherche à décider comment je l'atteindrais si je la voyais autrement qu'à travers une vitre. J'espère que celui qui l'a posée n'a pas décidé comment je ne l'atteindrais pas. En attendant, je vois Ariane monter sur un escabeau et placer des miettes de pain qui ne flânent pas là longtemps.

Désormais, la maîtresse aura souvent l'occasion de voir son frère, car il habite Ottawa. Lui et sa femme m'ont donné bonne impression et j'ai compris que c'était réciproque.

Je voudrais bien savoir à quoi le maître s'occupe. Souvent il s'absente plusieurs jours. Est-il encore un écrivain ? La machine à taper semble être en pénitence dans un coin de sa chambre. Quand je la vois, je me rappelle le temps où j'arrêtais les petits marteaux avec ma patte, — et une fois, clac ! avec mon nez.

A présent, je sais. Le travail du maître consiste à préparer l'anniversaire du Canada qui aura bientôt cent ans. Quand il part, c'est pour aller faire des discours « dans les provinces ». Il raconte qu'à l'un de ses voyages on l'a appelé commissionnaire et que le public a beaucoup ri. Le mot « commissionnaire » est pourtant plus long que « commissaire » et ce devrait être un compliment. Non ? Mais pourquoi envoyer le maître parler au loin quand il parle si peu à la maison ? Plusieurs fois, seule avec lui dans sa chambre, je l'ai vu s'exercer. Curieux à dire, ça me gêne, l'écouter parler à des gens qui ne sont pas là. Quand c'est fini, il m'aperçoit comme si je venais d'apparaître. Il sourit et je retrouve l'ami que je connais.

Enfin on a décidé qu'une chatte domestiquée depuis cinq ans pourrait dominer son instinct. On me prête la pelouse qui entoure la maison, et donc le jardin... Que le gazon sent bon, après les tapis ! Mais je ferai plaisir à mes maîtres : je me tiendrai *au pied* du pommier.

Ma résolution a tenu bon pendant plusieurs jours. A la fin, mais simplement curieuse, j'ai cherché à voir la maisonnette de plus près. Avec ma patte, mais sans arrière-pensée. Eh bien ! j'avais malheureusement raison : parmi toutes les branches possibles on a choisi la seule qu'une patte de chat ne puisse atteindre. J'avais beau m'allonger le bras comme la *tire* à la mélasse de tante Bernadette, il m'en manquait un bout. Pas long, mais suffisant pour rendre folle. Le pire, c'est qu'Ariane et sa mère m'observaient et qu'elles ont trouvé la scène rigolote.

Elles devraient plutôt se poster aux fenêtres donnant sur nos voisins d'en face, — autrement dit sur leur chien, de la race féroce des dobermanns. C'est moi qui suis menacée. Pas les oiseaux. La vie est bien difficile, pour les chats vivant à l'état libre. Il est vrai qu'à la vue d'un chat, la souris et l'oiseau font le gros dos à leur façon, mais à chacun son problème. Le mien, c'est le dobermann. Aussi, je demande toujours la porte côté pommier...

La maîtresse a engagé une servante noire comme moi. En tout cas, son gros visage et son cou sont noirs. Ça doit continuer jusqu'en bas, puisque les bras sont noirs. Elle s'appelle Paola. Quand elle m'a vue, elle a touché mon visage et ensuite le sien comme si nous étions parentes. Elle vient d'un pays entouré d'eau chaude. Elle occupera la chambre qui communique avec le garage. Elle a trouvé cette chambre très bien. Elle trouve bien tout ce qu'elle voit et entend, et elle le dit en riant. Parce qu'elle est si grosse, j'avais d'abord cru que sa bonne humeur ferait trembler les vitres. Au contraire, elle est bonne pour moi, et très douce. Parfois, la nuit, je descends dormir avec elle. D'habitude, elle n'en a pas connaissance avant que son réveille-matin l'avertisse. Contente de me trouver là, elle ne se lève pas tout de suite. Sa main rampe jusqu'à moi et me caresse les oreilles. Habituée aux mains blanches d'Ariane, cela me fait curieux, une main noire sur moi toute aussi noire. Mais il arrive qu'au moment où je descends, Paola préfère que non. Sans tarder, elle me ramène là-haut et referme la porte en faisant le moins de bruit possible, pour ne pas réveiller les maîtres. Ces nuits-là, il flotte comme une odeur de pâtisserie dans la chambre.

Je suis bien obligée de le croire : déjà l'automne est proche. Non seulement parce que la nuit vient plus tôt, que les nuages cheminent plus bas et que notre pommier a des pommes, mais parce que les écureuils enterrent des glands. Ce qu'ils sont rapides, le long des branches ! Que de mouvements saccadés, aux yeux du chat capable d'une immobilité parfaite. Le maître a raison de dire qu'un écureuil, c'est un paquet de frissons.

Il vente. Les arbres sont pleins de gestes. Ils s'effeuillent comme à Sainte-Adèle, comme à Montréal, comme à Paris. Pourquoi n'est-ce pas toujours l'été ? Mais alors, je ne serais presque plus à la maison ; j'oublierais ce que j'ai appris en écoutant parler ; je deviendrais une chatte comme les autres. Sans doute mieux vaut-il que l'hiver existe. Confinée dans la maison, j'écouterai et m'enrichirai de connaissances nouvelles comme les écureuils emmagasinent des noix. Voilà.

A Paris, les maîtres recevaient surtout des écrivains. A Ottawa, ils reçoivent des politiciens. J'ignore encore ce qu'ils sont et ce qu'ils font, mais il paraît qu'eux-mêmes savent ce qu'ils sont sans toujours savoir ce qu'ils font, et que cela est excusable parce que les choses qu'ils ont à faire sont déjà confuses avant d'être faites. Je me répète là une remarque prononcée par un invité qui semblait se demander s'il la comprenait tout en continuant de parler. Il est possible qu'après plusieurs mois dans la capitale, je m'apercevrai que j'avais compris sans le savoir. Pour le moment, je constate que plus on ajoute de mots, semble-t-il, moins on pense.

Depuis deux jours le maître souffre du cerveau et la maîtresse le soumet à des inhalations d'eucalyptus. Je deviens follette, tant cette odeur me plaît. Tout bas en moi-même, j'ai presque hâte que quelqu'un d'autre de la maison attrape le rhume, une fois le maître guéri...

Quelqu'un l'a attrapé, mais c'est Gustave. Je doute qu'on le soigne de la même façon. Sa voix siffle comme s'il avait avalé un courant d'air.

La première neige. On dirait des mouches blanches. Il paraît que dans cette banlieue où nous sommes, l'hiver garde sa blancheur jusqu'au printemps. Conclusion : quand je sortirai, moi aussi noire qu'un écureuil d'Ottawa, j'attirerai sûrement l'attention de Hans, le dobermann.

Je vois maintenant l'hiver comme je ne l'ai jamais vu. Du haut de nos fenêtres, à Montréal, il consistait en neige grise écrasée par les voitures et foulée aux pieds sur les trottoirs où pataugeait notre pauvre

Gugusse. Ici, à Rockcliffe, la neige est vraiment pâle comme promis.

Ce matin, je me suis placée devant la porte en miaulant mon désir de connaître l'hiver de plus près. MIAOU ! que ça vous coupe le souffle, ce premier contact ! Moi qui me préparais à courir, j'ai rampé comme ma fameuse marmotte de Sainte-Adèle, et pas en éloignant la maison ! A d'autres, cette neige qui vous saisit au ventre et vous brûle les pattes, à force d'être froide ! Ariane s'en doutait, car la porte s'est rouverte avant que je l'atteigne. Ce que j'ai eu le temps de remarquer, malgré tout, c'est que devant chaque maison il y a un sapin de Noël déjà allumé en plein jour. Ce sera bientôt l'époque des cadeaux et le temps de fréquenter la cuisine encore plus que d'habitude.

Hier soir, j'ai eu un mal de mer sur terre et c'est d'abord Paola qui m'a soignée. Ensuite, la maîtresse. Même étourdie comme j'étais, j'ai observé que la maîtresse était à moitié amusée, à moitié de mauvaise humeur ; Paola, seulement amusée. Quelqu'un avait dû faire une chose qui était drôle, mais de mauvais goût. J'ai tout compris quand la maîtresse a dit :

— On n'a plus à se demander pourquoi nos invités n'ont pas eu de foie gras, cet après-midi.

J'ignore si le foie gras en est la cause, mais la nuit dernière j'ai rêvé de choses effrayantes. Aussitôt le soleil levé, je suis allée voir par la fenêtre si le dobermann était dehors. C'est surtout lui que j'ai vu en rêve. Gros comme un cheval ! Avec des dents de marmotte en conséquence. Il n'était pas là et j'ai compris que c'est mon estomac qui avait rêvé. Voilà.

Ma meilleure sieste, celle de l'après-midi, je la fais dans la cuisine, au ronron de la lessiveuse. Personne encore n'a deviné cela, qui n'est pourtant pas nouveau : ce caprice, je l'avais à Paris, même si leur machine faisait un ronron démodé. Ici, quelle musique, ce bruit régulier, puissant comme un cœur ! Paola descendue dans sa chambre, la cuisine m'appartient. Pourquoi serais-je ailleurs ?

Pourtant, j'aime ma famille, quand le cœur m'en dit. Certains soirs où elle est réunie au salon et que j'y fais mon apparition, j'entends la même phrase :

— Tiens ! de la visite !

J'étais tout à côté, au creux de ma solitude, moi dont la vie tourne en rond, pendant l'hiver. Mais au son des voix s'entremêlant gentiment, avec des silences où se devine un sourire ou un regard affectueux, j'ai senti le besoin d'être là. Si j'y trouve un feu de cheminée devant lequel je peux m'étirer au-delà de moi-même, je suis de la famille bien agréablement.

De temps en temps je reluque notre pommier, tout noir et crochu au milieu de la neige. La maisonnette aux oiseaux se voit beaucoup mieux qu'entourée de feuilles. On dirait qu'elle s'ennuie, toute seule en plein vent. Les beaux oiseaux qui détestent l'hiver sont allés chanter ailleurs. Ils ont bien raison. Depuis ma première et unique sortie à même la neige, je me félicite d'être chatte d'appartement durant l'hiver. Voilà.

Enfin je mets la patte sur une chose qui m'agaçait sans que je parvienne à la définir. C'est ce mot : « Voilà ! » que j'ajoute à mes pensées. Où ai-je attrapé cette habitude ? A Paris, c'était : « N'est-ce pas ? » Mais tout le monde le disait. « Voilà », c'est une manie à moi. J'imagine qu'elle passera comme l'autre, mais elle m'énerve. Voilà.

Même si je les trouve moins nourrissantes qu'à Paris, je continue d'écouter les conversations. Autant que possible, car à Ottawa on passe du français à l'anglais et retour au français comme si on jouait au badminton, — ce jeu que je ne pratique plus, à cause des absences du maître. Quand je ne comprends pas, je sais qu'on parle anglais. En français, au contraire, je saisis à peu près tout, maintenant. Ou bien je devine. C'est bien agréable, être née intelligente. Ça vous autorise à conclure que si vous n'avez pas deviné juste, vous avez trouvé mieux que celui qui a parlé.

L'autre jour, il était question d'un spectacle où figuraient deux chats savants, comme on les appelle. Les pauvres. D'après l'un des invités, un tel spectacle prouve que le chat peut être aussi domptable et obéissant que le chien. Tout moi protestait ! *Quelques* chats se laisseront dominer à ce point pour des raisons qui les concernent. Mais mon instinct m'assure qu'ils ne se plaisent pas à contrarier ainsi leur nature. Alors que le chien de cirque agite sa queue comme un drapeau, je suis certaine que le chat participe au spectacle malgré lui. C'est une victoire de l'homme, mais une humiliation du chat. A chacun sa nature. Le chien est démonstratif ; le chat est intérieur. Inutile de les comparer : le chat est une pomme, le chien est une poire.

D'un jour à l'autre, l'hiver se change en printemps. Mystère : le soleil se couche de plus en plus tard à mesure qu'il se lève plus tôt. Moi, plus je dors, plus j'ai sommeil. A chacun ses habitudes.

Les oiseaux partis de loin s'installent à Ottawa. Bravo ! Mes yeux en avaient assez de l'éternel moineau. J'espère que parmi ces touristes, comme les appelle la maîtresse, plusieurs se rappelleront que nous avons un pommier où croissent des miettes de pain.

Mais ça me donnerait quoi, qu'ils se souviennent ? Pourtant... Après tout un hiver où j'ai dormi couchée et dormie debout, je me demande si l'été dernier, j'ai vraiment tendu la patte aussi loin que ma volonté en était capable. J'ai peut-être négligé la seule manière de m'y prendre qui serait la bonne : étirer suffisamment mes pattes d'en arrière. On y verra, le temps venu, quand le pommier aura des feuilles. Voilà.

Aujourd'hui j'ai six ans, paraît-il. Comme chaque fois, je ne me sens pas différente de celle qui avait un an de moins la veille au soir. Alors, pourquoi les anniversaires ? Michel est venu de Montréal avec sa caméra et j'ai cru que c'était en mon honneur, naturellement. Mais non. Il vient photographier des tulipes qui annoncent chaque année que le printemps est arrivé depuis deux mois.

Encore une fois j'entends les lamentations d'une chatte qui n'a ni peur ni froid, ni faim ni soif. L'idiote ! Comme si elle ne pourrait pas s'en passer ! En pleine nuit, quand le silence met le moindre son en évidence, elle vous étire des miaulements qui font vraiment honte. Et pour qui, cette invitation publique ? Pour n'importe quel maraudeur qui l'enverra promener dès son « devoir » accompli ! Les maîtres ont eu raison de m'épargner cette conduite humiliante. Mais, soit dit entre moi et moi-même, malgré la honte je reste à l'écoute.

Le temps est venu. Le pommier a des feuilles et cette après-midi m'offrait une occasion idéale. Il n'y avait à la maison que Paola. Je lui ai demandé la porte et elle l'a donnée. J'ai suivi mon intention. En arrière, en avant, en même temps, je me suis étirée au point que je n'aurais pas été surprise de m'entendre craquer. Cette douleur à l'épaule prouve que j'étais proche de la victoire. Ce qui sauve mon honneur, malgré ma déception, c'est que les froids de l'hiver ont déplacé la maisonnette. Dans la mauvaise direction, bien entendu.

Un espoir me reste. Un jour, on demandera Ariane au téléphone quand elle sera sur l'échelle appuyée contre le pommier. Pendant son absence l'échelle deviendra mienne, — avec au bout la maisonnette. Je ne veux rien de plus. Certainement pas blesser un oiseau. Rien de plus qu'atteindre le bord de la maisonnette. Y toucher du bout de la patte. L'effleurer. Supprimer ce défi qu'elle représente depuis si longtemps. Aussitôt mon amour-propre satisfait, l'aventure sera close.

Reste à attendre ce coup de téléphone. Ariane a plusieurs cavaliers. L'un d'eux me rendra peut-être service. Parmi eux s'en trouve un qui a la manie de ne plus s'en aller, quand il vient passer la soirée avec elle. Je suis sûre qu'il l'aime d'amour et certaine qu'Ariane, non. Il babille tellement, que je remercie la nature de m'avoir créée incapable d'en faire autant. Hier soir, je me suis campée droit devant le bavard et lui ai adressé un bâillement le plus lent et le plus large possible.

— Elle a hâte que je monte me coucher, expliqua Ariane. Elle dort sur mon lit.

Et la voilà bâillant sans le vouloir ! Le grand parleur regarda sa montre et se leva. J'eus l'impression qu'à travers ses protestations, Ariane me remerciait. En tout cas, moi, je le faisais. Quant à ne pas vivre la nuit comme le souhaite ma nature pendant l'été, aussi bien me coucher à des heures raisonnables.

Le dobermann est parti en vacances avec sa famille. Quel soulagement, franchir la porte tout d'un morceau et non hasarder d'abord les yeux, les oreilles et le bout du nez. J'en profite ! Les écureuils noirs se détachent moins bien sur l'herbe que sur la neige, mais le problème n'est pas là. C'est qu'ils grimpent mieux aux arbres que moi avec mes griffes raccourcies. N'importe. Je me donne le plaisir de faire semblant et je prends de l'exercice. L'air est si bon, à cause des arbres ! Je les trouve encore plus beaux que l'été dernier où nous venions d'arriver, et moi, j'étais distraite, présente à moitié.

Encore déjà l'automne, mais cette fois je le vois comme à Sainte-Adèle, grâce à une promenade dans un parc appelé Gatineau, autour d'un lac. La différence entre ce parc et Sainte-Adèle-en-Haut mon pays natal, c'est qu'on n'y est pas comme en plein ciel. Je n'avais pas profité de la voiture depuis longtemps. On oublie que ça me plaît, à moi aussi.

Cette promenade m'a fait sentir l'étroitesse de ma vie, dans cette maison de poupée que nous habitons, pour le moment (j'imagine que nous irons encore ailleurs). Ma vie est étroite même en plein air. A cause du dobermann et de beaucoup d'autres chiens, je n'ose m'aventurer trop loin. La maisonnette aux oiseaux ? J'ai compris qu'elle sera toujours hors de ma portée. Je peux toujours grimper à l'arbre, mais pour y cueillir des pommes ? De toute façon, les oiseaux diminuent. Je redoute l'hiver, cette année.

J'écouterai les visiteurs qui parlent en français. Les autres ? J'ai beau être douée comme pas une, ne demandons pas l'impossible. Et puis, il y aura les nombreuses absences du maître, qui font des trous dans la vie de la maison. Ariane sortira beaucoup ; la maîtresse également, souvent avec Gustave. J'espère que l'hiver n'est pas pressé d'être là. J'espère que la neige prendra son temps. Heureusement, il y a Paola.

Aujourd'hui, le maître est rentré plus tôt que d'habitude. Il avait un drôle d'air, comme s'il portait un problème. Je me suis revue à Paris, le soir où il avait reçu un appel d'Ottawa. Son visage montrait la même sorte d'émotion. Curieuse et inquiète, je fis en sorte de rester aux alentours et ainsi je me trouvai là, quand le chat sortit du sac, si je peux dire : on veut envoyer le maître en France, dans une ville appelée Bordeaux. Ariane et sa mère semblaient ravies de la nouvelle. Soudain, je me rappelai que cette ville est toute proche d'Arcachon où j'ai passé un si bel été, il y a deux ans. Si seulement on y retournait !

J'ignore à quoi le maître s'occuperait, là-bas, mais pour avoir entendu le mot « général » je me sens rassurée. « Général » est un mot qui donne confiance. Aux gestes, aux silences, aux hochements de tête, je devine que la famille pèse le pour et le contre.

Le maître a donné sa réponse, — qui est oui. Pour moi quelle joie ! Depuis, il s'absente encore plus souvent. Certains matins, il se lève quand la nuit dure encore. C'est parce que son avion volera jusqu'au bout du Canada. Quand il ouvre la porte, en partant, une bouffée de froid m'enveloppe. Un taxi ronronne, devant la maison, et ses feux éclairent des semblants d'arbres. Puis me voilà seule, dans la maison endormie. Celui qui vient de m'embrasser n'est plus qu'un petit bruit d'automobile, au fond de la nuit.

Je ne pense pas à cette ville de Bordeaux, que je ne connais pas, mais à la grande dune au sable chaud. Pourvu qu'elle soit toujours là...

Ça sent les valises. Habituées aux déménagements comme elles le sont, il ne serait pas étonnant qu'elles montent du garage par leurs propres moyens, a dit le frère de la maîtresse. Moi, une pensée me fatigue : le vétérinaire. Ma bonne santé est pourtant visible.

J'avais raison : de nouveau la même humiliation. On me les fait payer cher, mes voyages en Europe ! Il paraît que pour entrer à l'étranger, je dois montrer patte blanche. Je les avais pourtant noires toutes les quatre, la première fois.

Nous partirons dans quelques jours. Souvent Paola me presse contre ses deux poitrines en marmonnant dans la langue de son pays et en pleurant tout bas. Parfois une grosse larme vient s'aplatir sur le bout de mon nez. Une chose la console : elle va épouser l'homme qui apportait des pâtisseries, quand la maîtresse recevait beaucoup de monde. Paola redeviendra celle qui rit pour tout et même pour rien.

Je quitte Ottawa dans notre voiture, avec la maîtresse et « tante » Marcelle, une amie de la famille. Avec Gustave aussi, bien entendu. Le maître doit rester à Ottawa deux jours de plus ; quant à Ariane, elle est déjà à Paris, chez des amis ; Michel a choisi de ne pas quitter le Canada. J'aurai habité la ville d'Ottawa pendant deux ans sans l'avoir vue.

Après une journée sans fin, nous atteignons ce New-York que j'entends nommer depuis mon enfance. On sort les bagages. Des gros, des moyens, des petits, il y en a plein le trottoir. C'est tante Marcelle qui porte ma valise. Comme elle n'en a pas l'habitude, je pivote et zigzague à son goût. Un employé veut la soulager de ce fardeau. Elle refuse. Je sais bien pourquoi. Dans ces hôtels de luxe, on accepte Gustave. Mais un chat ? Injustice ! Ignorance des valeurs ! J'en brûle.

Dans le hall, tante Marcelle pose la valise à côté d'elle. Je ne peux m'empêcher de constater la qualité du tapis. On le sent moelleux rien qu'à le regarder. Quand de gros souliers passent près de moi, je ne les entends pas plus que si l'homme marchait pieds nus. Nous sommes vraiment dans un hôtel étoilé, comme j'ai entendu dire, et j'y pénètre en catimini.

A travers ma grille, je vois bientôt la maîtresse s'éloigner, Gustave en laisse, vers un comptoir où des employés sont occupés à écrire ou à téléphoner. De son côté, tante Marcelle reprend la valise, fait quelques pas en direction contraire et me pose de nouveau par terre. Je me trouve maintenant devant une large porte donnant sur une salle à manger, semble-t-il.

La chère tantine n'a pas vu ce que je viens de voir : d'un tiraillement à l'autre, la fermeture éclair qui glisse sur le dos de ma prison et m'arrache toujours quelques poils a joué suffisamment pour que j'en profite. Comme ce n'est pas la première fois que pareille chose arrive, j'ai vite réussi l'opération Délivrance. Sans le cri de tante Marcelle, je ne serais pas allée loin, puisque je n'avais pas l'intention de fuir. Mais, affolée par ce cri et par le silence soudain qui s'est répandu autour de nous, je me précipite droit devant moi, autrement dit dans ce que j'avais pris pour une salle à manger et qui est un salon de thé. Je passe d'une table à l'autre, d'un cri à l'autre, — pas des cris de tante Marcelle, cette fois, mais de chaque élégante dont je heurte ou frôle les jambes dans une course sans cause ni raison. Des mains d'hommes cherchent à m'arrêter au passage, des fusées de rire se mêlent aux cris des femmes, les tasses grelottent dans les soucoupes ; MIAOU ! le maître d'hôtel m'empoigne à la queue et me cloue sur place. Mais, inquiet de mes griffes et soucieux de sa dignité, il me passe à un garçon qui me tient à bout de bras comme un plateau pendant que tante Marcelle finit de rajuster ses jupes. Enfin, je laisse derrière moi ce salon de thé dont je me souviendrai. Quelle aventure !

Nous sommes maintenant sur le grand bateau français où je prenais mes repas en cage avec Gustave, il y a deux ans. Cette fois, le maître n'est pas avec nous et nous voyageons en direction contraire. C'est le même océan, mais est-ce la même eau ?

BORDEAUX

Comme les maîtres ont apporté leur voiture, je vois une autre partie de la France. Mais par la faute de l'hiver, tout est moins beau qu'il y a deux ans.

C'est enfin Bordeaux. A l'hôtel, des messieurs nous souhaitent la bienvenue avec des révérences et nous conduisent au quatrième étage. L'appartement donne sur un parc qui a perdu ses feuilles. Au-delà se trouvent une rangée de belles maisons, des monuments et un clocher d'église.

Je n'ai rien vu de tout cela en même temps que les autres, Ariane ayant mis une demi-heure à s'aviser que j'étais encore dans ma valise. Et d'humeur griffue ! Dû à la fatigue du voyage, mais surtout parce que j'avais été humiliée dès notre arrivée, Gustave recevant sa portion d'hommages comme les maîtres, et moi traitée comme une valise ! Ariane s'est excusée, mais l'instant d'après, tous descendaient vers la salle à manger, y compris monsieur le caniche.

J'ai éteint ma mauvaise humeur en explorant l'appartement. Les pièces sont grandes et les plafonds sont hauts. Quant au parc, je n'ai pas l'impression qu'on m'y laissera rôder selon ma fantaisie. C'est un parc artificiel où les arbres se tiennent à égale distance les uns des autres, tous pareils. Gustave en profitera. Moi, mon chien est mort, comme on dit au Québec.

Je veux bien croire que c'est l'hiver, puisque les gens portent des manteaux. Mais auprès de l'hiver à Paris, où les passants se croisaient sans parler, poings dans les poches et chapeau aplati entre les épaules, c'est bien peu. Tant mieux pour Gustave le promeneur.

Grande cérémonie, à l'hôtel. Si j'ai bien compris, le maître devient général de consulat. Voilà donc ce mot « général » qui m'avait intriguée, à Ottawa.

Ce sera bientôt Noël (moi, je l'appelle la fête du sapin), car Ariane est occupée à sortir les petites bougies qui respirent, aussitôt allumées, et plusieurs décorations que je reconnais très bien. Bernard, notre chauffeur, l'aide de son mieux.

C'est un homme et sa femme qui font les chambres de l'étage. Il s'appelle Louis, elle s'appelle Léonie, et ils ne sont plus jeunes. A leur façon de me flatter, j'ai vu tout de suite qu'ils aimaient les chats. Ils en ont deux, à la maison. Mais comme ils les voient très tôt le matin et tard le soir, je reçois l'affection qu'ils ne peuvent dépenser dans la journée.

Il faut les voir faire la toilette des chambres, balayer, épousseter, laver et ainsi de suite. Je connais bien notre étage parce que, très souvent, je les accompagne d'une chambre à l'autre. Quand je pense qu'on accorde à Gustave des balades en voiture qui lui font connaître la ville et même les environs, c'est bien le moins que j'aille voir un peu comment on a meublé les autres chambres. Je ne les visite pas toutes, bien entendu. En cours de route, le sommeil me prend. Les fois où Louis et Léonie ne me ramènent pas dans notre appartement, ils m'installent dans la lingerie, sur la montagne de draps, de taies d'oreillers et de serviettes qu'ils rapportent des chambres. Quel lit confortable où recommencer le sommeil de la nuit au moins jusqu'à midi ! Mes maîtres n'ont pas de mal à me trouver, noire comme je suis et les draps blancs comme ils sont, même chiffonnés.

A midi, Louis et Léonie viennent casser la croûte dans leur cuisinette. Je n'aime pas que ces braves gens se privent de vider leur assiette en ma faveur, mais je ne peux quand même pas les priver du plaisir d'être généreux. Une autre raison me garde dans la cuisinette, à l'heure du midi : les maîtres et Gustave partis pour la salle à manger, je me trouverais à manger seule avec mon assiette. Une chose me frappe : à force de faire et défaire des lits depuis tant d'années, leur voix est douce et molle comme de la laine.

Un jour par semaine, en plus du dimanche, Louis et Léonie ne travaillent pas. La domestique qui remplace Léonie est aimable, mais son compagnon s'amuse à me chatouiller. Le chat n'accepte des familiarités que si elles viennent d'une personne qu'elle affectionne et si les taquineries sont légères comme des plumes. Ce n'est pas le cas du lourdaud aux grands pieds plats qui remplace Louis. Il m'immobilise d'une main et me tripote grossièrement. La maîtresse l'a déjà prévenu, mais il recommence quand il me trouve seule dans l'appartement. Eh bien ! aujourd'hui je l'ai chatouillé à ma façon. Quand il a vu le sang, sur sa main, il a appelé sa compagne, comme prêt à s'évanouir. J'étais déjà sous une commode basse sur pied. Quelques minutes plus tard, j'entendis s'ouvrir et se refermer la porte.

Les maîtres revenus, j'ai compris que ma victime avait porté plainte. La direction me donne à moitié raison, mais tort au chatouilleur pour une plus grande moitié. Il n'enfoncera plus son doigt dans mes oreilles.

Chaque matin, la même chose me mystifiait, sur notre étage : toutes ces paires de souliers, devant les chambres. Des gros souliers qui vous glacent le sang quand ils surgissent sans prévenir et des petits souliers comme ceux d'Ariane et de sa mère. Qu'est-ce qu'ils faisaient là, sans personne dedans ? Ils n'avaient quand même pas oublié d'entrer avec le reste !

Maintenant je sais, car j'ai vu Louis et Léonie occupés à les faire briller. C'est le mot que Louis a employé, mais Léonie l'a corrigé en souriant.

— Louis, dis plutôt que nous sommes occupés à les faire chatoyer.

La bouche en cœur, le bon Louis a souri encore mieux qu'elle. Les deux semblaient très fiers de m'offrir ce mot inventé pour nous trois.

On ne m'avait pas encore appris où se tient le maître, quand il n'est pas avec nous.

— Il est au consulat, m'a répondu Louis.

Je m'y croyais. Eh bien ! non. Ici, je suis à la résidence temporaire. Le consulat veut dire le bureau, logé dans un autre hôtel. Un jour, paraît-il, consulat général et résidence officielle occuperont un même immeuble. Ça me paraît compliqué. Et ça ne finit pas là. Le maître ne se tient pas au bureau toute la journée : il rend visite à des collègues. De son côté, la maîtresse va saluer les épouses. Le maître visite également des gens qui s'appellent « autorités religieuses, civiles et militaires ». A leur tour, ces gens rendent visite au maître. Il paraît que ce va-et-vient est nécessaire. Autrement, aussi bien vivre pas connu parmi des inconnus. Moi, en tout cas, j'en deviendrais dinde. Dingue.

J'aime d'abord le calme et le silence, mais je ne refuse pas un brin de distraction, quand le cœur m'en dit. Eh bien ! on n'est pas loin de m'en donner trop. A peu près chaque jour, une dame vient faire connaissance avec la maîtresse. Parfois elles sont deux. Gustave n'échappe pas à leur attention pour la bonne raison qu'il est toujours en place d'honneur. Moi, je préfère me tenir compagnie, dans la chambre d'Ariane. Malheureusement, on ne m'y laisse pas toujours en paix. Quand ces dames apprennent qu'il y a aussi un chat, la plupart désirent le voir. Elles le voient, ce chat qui est une chatte, et l'infatigable histoire recommence : pourquoi un prénom masculin... Je devrais être heureuse des compliments qu'on m'accorde, mais à force de les entendre énumérer, je les connais tellement, mes qualités physiques et autres ! Très bien, je suis belle et intelligente. C'est décidé. C'est réglé. Parlons d'autre chose.

Une seule visiteuse a agi à sa façon. Elle m'a bien regardée, pourtant : j'étais là sans bouger, comme une potiche. Après quoi je me suis allongée sur le ventre, jambes de devant l'une contre l'autre (ma pose égyptienne). Après quoi je me suis couchée sur le flanc, — une de mes poses les plus réussies. Eh bien ? Pas un mot. Pas un sourire. Pas un mouvement. C'est une jalouse !

Aujourd'hui, le maître est revenu du consulat avec un visage souriant et mystérieux. Sans un mot, il déplia un morceau d'étoffe grand comme une serviette de bain.

— Ooooh ! ont murmuré en même temps la maîtresse et Ariane.

Au centre de ce morceau d'étoffe figurait une feuille d'érable. Il dit alors, d'une voix émue :

— Saluons ensemble le nouveau drapeau du Canada.

On a entraîné Gustave à porter la grosse clé de l'appartement entre ses babines, depuis la salle à manger jusqu'à l'ascenseur, dans l'ascenseur et jusqu'à notre porte. On trouve extraordinaire qu'il ne la laisse jamais tomber ni qu'il l'avale. Comme si je n'en ferais pas autant ! Mais, par respect de ma dignité, je m'objecterais à le prouver. Une fois de plus, le chat n'est pas le chien, lors même que j'affectionne notre Gugusse enchanté de son talent.

De temps à autre, je pense au Pyla, — qui n'est pas loin d'ici, comme je sais tellement bien. Irons-nous, quand les arbres auront leurs feuilles ? Personne n'en parle. Heureusement, les chats sont patients.

Si je trouve longues certaines journées, quand je suis seule, c'est que les humains m'ont donné le sens du temps. Laissé à sa nature, le chat vit dans une éternité moitié jour, moitié nuit. C'est l'agitation des hommes qui divise le temps en mois, en semaines, en minutes, en secondes. Il faut croire que ça leur est nécessaire. Il faut croire aussi qu'ils y perdent quelque chose, puisque, en vacances à la mer ou sous les arbres, le maître retire volontiers sa montre. Comment goûter le plein de la vie, enchaîné à une horloge ?

A tort ou à raison, je suis à contre-poil, aujourd'hui. Même si aujourd'hui est mon septième anniversaire. Et alors ? Je continue d'être celle que j'étais hier ; je dors, je mange, je bois, j'entends, je marche, je me plie et me déplie comme hier. C'est pour les humains, le calendrier. A preuve que les Chinois ont le leur, paraît-il, les Juifs ont le leur, et d'autres aussi, sans doute. J'ai sept ans ? Très bien : j'ai sept ans et je veux rester de mauvaise humeur, même si j'ai oublié pourquoi.

Ce matin, j'ai causé de l'émoi, dans l'hôtel. Il ne faisait pas vraiment jour et je me trouvais devant la fenêtre du salon, grande ouverte. Or, à notre hôtel, un rebord court d'une fenêtre à l'autre tout le long de la façade. Pourquoi résister à la tentation d'y faire quelques pas avant que la famille se réveille ? La famille, l'hôtel et la ville. Après les premiers pas sur ce trottoir aérien vinrent les seconds et je me trouvai devant la fenêtre voisine des nôtres, — ouverte, elle aussi. Bientôt j'étais dans la chambre et bientôt sur le lit. Un rugissement me cloua sur place, le cœur en

suspens : un gros homme sortait des couvertures !
Moitié assis, moitié sur un coude et secouant la tête,
il cherchait à mieux voir ce qu'il croyait voir : sans
doute le diable en forme de chat. J'allais bondir vers
la fenêtre, mais je me trouvai empêtrée dans les
couvertures. Je crus qu'il allait m'égorger. Au
contraire, cette montagne d'homme me déposa douce-
ment dans le couloir, à l'instant même où Louis et
Léonie atteignaient la tête de l'escalier. Sans doute
ont-ils cru que l'occupant de la chambre était un ami
de la famille. Louis me prit dans ses bras, Léonie
sortit sa clé magique qui ouvre toutes les portes et je
me retrouvai dans notre salon désert, me demandant
si tout cela avait été vrai. Quelques heures plus tard,
mes maîtres, les employés de l'hôtel et les clients
pouvaient dire que je n'avais pas rêvé.

La belle nouvelle ensoleillée : nous irons au Pyla !

ARCACHON

Non. Pas au Pyla. Cette fois, nous sommes plus près de la ville d'Arcachon, dans un cottage entouré de longs arbres qui finissent en forme de parapluies ouverts. Contrairement à la première fois, le maître part chaque matin, pour Bordeaux, et il n'en revient que le soir.

On a d'abord hésité à me laisser libre. J'ai compris pourquoi lorsque Ariane a porté une main à son cou : ma clochette est restée à Ottawa... Au cas où on songerait à la remplacer, je me fais aussi câline que possible. Sincèrement, d'ailleurs. Les oiseaux ne m'intéresseront que s'ils viennent à moi avec insistance. Ariane l'a deviné, car elle m'ouvrait la porte toute grande, ce matin.

— Mais sois bonne fille !

Je suis sortie trop vite pour avoir eu le temps de promettre. L'important, c'est que je promets à *moi* de faire l'impossible. A force d'être un chat de maison, je trouverai peut-être cela tout simple. Mon instinct est peut-être rouillé au point que ça ne me dira plus rien, un oiseau ou un mulot à portée de la patte. Même pas un papillon. Lorsqu'on a frappé sur l'assiette, je suis allée prendre mon repas comme une bonne fille. Ensuite, je ne me suis pas trop éloignée, afin qu'on puisse bien constater mes bonnes intentions. Mais je m'étonne encore que les humains appellent « mauvaise intention » ce besoin de chasser qui nous est si naturel, à nous les chats. C'est ainsi.

Je ne m'éloigne pas trop pour une deuxième raison. Depuis notre arrivée, j'entends aboyer un gros chien, quelque part aux alentours, et je veux d'abord savoir où est ce quelque part.

Quand j'ai appris que le chien qui aboie si fort est retenu chez lui par une clôture, je me suis sentie libre de repérer notre villa et la grande dune. J'ai trouvé tout cela ce matin. D'abord la dune, à laquelle je reviendrai ; ensuite la maison, toujours au même endroit. La même affiche à l'entrée, CHIEN MÉ-CHANT, m'a rendue prudente : il y en avait peut-être un, cette fois... Mais non. Ni rien ni personne. Une maison morte, — que j'avais connue si vivante. Je pensais à Chouchou-le-fou qui ne jappe même plus dans ma tête. Les volets, fermés. Le jardin, fané. Le tennis, désert. L'escalier de pierre, vide comme le reste. Même les maîtres et même Ariane que je vois tous les jours me semblaient absents autant que Michel, que tante Bernadette, que Linda...

Je ne suis pas restée longtemps. J'ai marché vite, pour oublier que j'étais venue voir quelque chose qui n'est plus là vraiment.

Nous retournons à Bordeaux pour honorer l'anniversaire du Canada. Les maîtres donnent une réception et Gustave en est. Moi, je fête le Canada parmi les draps, les serviettes et les taies d'oreillers récoltés ce matin par Louis et Léonie. C'est à la fois humiliant et confortable. Après deux jours, nous revenons sous les grands pins parasols qui sentent si bon.

Enfin j'ai vu un lézard. J'aurais aimé le voir de plus près encore, mais j'étais dans les bras d'Ariane. Il était fascinant à observer, ce petit animal aux gros yeux, aux pattes tellement courtes, à la longue queue pointue. Comme la mienne commençait à fouetter l'air, Ariane me l'a plaquée le long du corps. Le plus étonnant, chez le lézard, c'est le mouvement de sa gorge. On a l'impression qu'il avale quelque chose qu'il n'a pas mangé. Je serais curieuse de surveiller ce phénomène de plus près, un jour. Seule.

Je voulais trop ne pas le faire, quand j'ai vu l'oiseau. Pour m'aider à vaincre la tentation, j'ai essayé de croire qu'il était un de mes anciens jouets. Mais quand il a esquissé un mouvement, j'ai bien été obligée de savoir qu'il était vivant. Alors, j'ai fait un tel effort pour replier la patte, qu'elle s'est déclenchée en sens contraire. C'est sa faute, à lui ! S'il n'avait pas remué, il serait encore en vie. Pauvre petit. Je l'ai laissé sur place et suis revenue à la maison comme une mauvaise fille. Mais sans le croire vraiment. Après tout, on me reproche de toucher aux oiseaux, mais on me sert du poisson qui n'est pas venu dans la cuisine sans qu'on l'y invite.

Jour après jour le ciel est si bleu et l'air si doux, que je fais toutes mes siestes dehors. Je voudrais bien aller m'allonger dans le sable chaleureux de la grande dune, mais elle est trop loin de mes repas, maintenant. Peut-être l'ai-je mal regardée, l'autre semaine : il m'a semblé qu'elle n'était plus aussi haute. Ou serait-ce moi qui ai changé ?

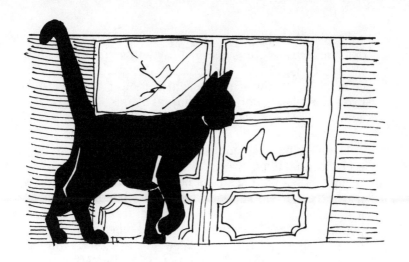

ENCORE BORDEAUX

Finies les vacances. Je les ai comme rêvées. De nouveau l'hôtel, car on n'a pas encore trouvé l'édifice où loger à la fois consulat et résidence.

Ce qui me touche de près, moi, c'est l'arrivée de tante Bernadette si heureuse de me revoir. Depuis une semaine qu'elle est avec nous, déjà trois fois elle a pris son repas du soir dans l'appartement plutôt qu'en bas. Ces soirs-là, je profite un peu de son assiette. J'espère que l'habitude est prise.

Déjà les arbres du grand parc commencent à perdre leurs feuilles. Ces arbres sont des platanes. Aujourd'hui, Ariane a étalé plusieurs feuilles sur la table du salon. Elle voulait montrer à tante Bernadette comme ces feuilles ressemblent à celles de nos érables des Laurentides. Pour un moment, tout le monde fut ému, — moins Gustave qui ronflait.

Plus le temps passe et plus les maîtres reçoivent des visiteurs et plus ils visitent leurs visiteurs. Des petits, des grands, des gros et des maigres. Il y a ceux et celles qui s'intéressent à moi et d'autres qui préfèrent les chiens de chasse et les chevaux de course. Tant pis pour eux.

Dans je ne sais quel endroit de la ville aura lieu bientôt une exposition de chats et de chiens, avec récompenses pour les plus beaux. Eh bien ! je refuse d'en être. Je me rappelle trop ces « beautés » parmi lesquelles j'ai passé mon premier été à Paris. Ces pédants et ces poseuses ! Surtout chez les chiens, heureusement. Oh non, je n'en serai pas ! Examinée sous tous les rapports, comme chez le vétérinaire, tâtée en public sur toutes les coutures ? Merci de l'invitation, mais gardez-la.

J'apprends que l'exposition avait déjà eu lieu, quand on m'en a parlé. Les maîtres auraient pu me consulter ! Je n'aurais pas consenti davantage, mais au moins j'aurais dit non à d'autres qu'à moi-même.

Bordeaux, c'est la ville aux bouteilles. Elles contiennent du vin. Je me rappelle qu'étant jeune et curieuse, j'ai voulu flairer un verre que la maîtresse tenait à la main. L'odeur répugnante ! Comment les humains font-ils pour y prendre plaisir ? C'est de voir nos invités renifler ce liquide en balançant la tête, en échangeant des regards extatiques, en faisant des mouvements de bouche comme s'ils cherchaient leur langue. Quand un verre de lait pourrait être si bon !

On dit « comme chien et chat », mais ce n'est pas toujours vrai. Gustave et moi l'avons prouvé pendant des années. Jamais ne m'a-t-il montré les dents ; moi, jamais les griffes. Même quand nous étions seuls à la maison. Il était d'une présence si facile ! Présence plutôt molle, sans cette fierté qui nous distingue, nous les chats. Mais justement à cause de ce bon caractère, il n'empiétait pas sur mon goût du silence. Pauvre Gustave qui ne mangera plus de raisins ni de cerises, lui qui les aimait tant. Moi, j'aime le caviar.

Il est mort cette nuit. Il avait treize ans. Les maîtres et Ariane ont beaucoup de chagrin. La maîtresse mettra longtemps à guérir de son Gustave. Tante Bernadette aura de la peine à son tour. Je la revois promenant Gugusse dans le parc d'en face. Même s'il avait doublé son âge, il ne serait pas arrivé à saluer la moitié de ces arbres dont la feuille fait semblant d'être une feuille d'érable. Tout ça est fini.

Demain, la maîtresse partira pour Montréal, afin d'accepter mieux ce qui lui arrive. Ariane partira avec elle.

Pauvre Gugusse. Étant chien, il aura eu plus de privilèges que moi. Il accompagnait les maîtres dans la salle à manger. Moi non. Il profitait de l'automobile à tout propos ; moi, je voyage surtout du haut de nos fenêtres. Il entrait dans les restaurants. Moi pas. Pourtant, j'ai le cœur gros. Je n'ai jamais été jalouse de lui. Soit dit sans fausse modestie, je me suis toujours crue supérieure à ce brave garçon qui vivait uniquement pour ses maîtres. Comme je n'en ai pas connu d'autre, j'admets que le chien est un animal affectueux. (On a même dit : « Le chien est un cœur entouré de poil. ») Seulement, il faut bien reconnaître que l'affection tourne à l'idée fixe, chez le chien. Pour moi qui suis chat, il entre quelque chose d'humiliant, dans cette façon d'aimer. Moi aussi, j'aime. Mais sur un pied d'égalité.

Les jours passent, chacun pareil aux autres. C'est curieux : pour moi qui recherche le silence, il y en a trop. Je vois Louis et Léonie à l'heure des repas, mais le maître est en voyage dans ce qu'il appelle son diocèse et la maîtresse continue d'être au Canada avec Ariane. Moins Gustave est là, plus je m'aperçois que je l'appréciais. Surtout quand mon regard rencontre ses colliers, son bol d'eau...

La maîtresse et Ariane sont revenues. Au bruit de leurs voix, l'appartement s'est réveillé. Ariane a repris son lit, qui était devenu le mien et qui redevient le nôtre. Quant à la maîtresse, qui m'aimait bien, elle m'aime encore mieux, on dirait.

Aujourd'hui, elle feuilletait une revue, quand soudain elle me chercha des yeux. Comme j'étais là, elle m'a trouvée tout de suite. Elle s'est assise sur le canapé et m'invita. Je sautai auprès d'elle. Pas par obéissance (les chats, n'est-ce pas ?), mais par curiosité. J'ai bien fait ! Elle voulait me montrer les images de plusieurs grands hommes qui ont aimé les chats. Il y avait des femmes, aussi. En tournant lentement les pages, la maîtresse murmurait des noms qui s'effaçaient à mesure. Mais elle s'arrêta sur une image plus importante que les autres et me parla directement, cette fois. L'image était celle d'un puissant cardinal de France qui avait toujours eu des chats autour de lui, — sur les meubles, sur les beaux tapis, sur sa table de travail, sur ses genoux. Tout de suite je l'ai trouvé sympathique, ce grand homme mince en robe couleur de feu. Il devait être doux et bon pour tout le monde...

L'intérêt que j'ai montré, devant ces images, incita la maîtresse à faire une chose à quoi personne encore n'avait songé. Elle m'a lu certains exploits du fameux Chat botté dont le maître s'appelait Carabas. Ou

Barabbas. L'un des deux, en tout cas. Je ne suis pas jalouse, mais à mon avis on exagère, en vantant ce chat. S'il existait encore, on pourrait aller aux preuves. Mais comment vérifier des exploits réalisés (?) et racontés par des témoins (?) disparus de ce monde il y a des lunes ? Les humains croient à beaucoup de choses survenues dans les anciens temps et je leur donne raison. Mais des bottes de sept lieues ? Plus j'y pense, plus on exagère.

D'un anniversaire à l'autre, j'oublie quel sera mon âge nouveau. Mais ce que j'ai entendu ce matin me rend comme folle.

— Ça devient impressionnant, a dit Ariane.

— Le plus impressionnant, a dit son père, c'est que ça n'y paraît pas.

— Tellement pas, a dit sa mère, qu'on lui donnerait deux fois moins.

Hier encore j'avais sept ans, il me semble. Maintenant j'en aurais quarante ?

Tout est corrigé. J'avais oublié de penser qu'Ariane et ses parents parlaient de moi comme si j'étais femme et non chatte. J'ai donc huit ans. Ça porte quand même à réfléchir.

Ce qui m'a réveillée, la nuit dernière, m'a terrifiée. Jamais n'avais-je imaginé grondements pareils venant de qui ou de quoi, je n'en savais rien.

— C'est la Foire de Bordeaux ! m'a dit Louis, ce matin. Regarde le parc, couvert de tentes et de boutiques.

— Un événement qui se répète chaque année, a dit Léonie.

— Ce grommellement pareil au tonnerre, c'est la voix des gros lions, a ajouté Louis avec un geste qu'il voulait augmenter, mais ses bras étaient trop courts.

— Rien à craindre, a dit Léonie. Ils sont en cage.

Les lions... Il me semble en avoir déjà vu en image. Mais les entendre d'aussi près, pendant le silence de la nuit, c'est tout autre. Moi aussi, j'ai connu la cage. Au fond, je les comprends. D'autre part, cette frayeur que j'ai éprouvée m'incline à réfléchir encore plus que mon dernier anniversaire. Après huit ans de vie domestique, je ferais quoi, abandonnée en pleine nature sauvage ? Mon instinct serait-il à la hauteur des circonstances ? Il est excellent qu'en vacances j'apprécie ma liberté, mais à la condition de ne pas m'aventurer *trop* loin.

Je m'entends dire en silence le mot « domestique » et il me frappe pour la première fois, employé autrement qu'envers les domestiques de l'hôtel. C'est pourtant ce qu'un visiteur a déjà dit :

— Cette chatte est une grande dame, bien formée à la vie domestique.

A la fois je suis une grande dame et serais comme Léonie ? Je ne saisis pas. A moins qu'il n'ait fait allusion à ma fantaisie d'aller sommeiller dans la lingerie de l'étage...

Le maître est revenu d'Ottawa, où il était allé conseiller le gouvernement. Il est revenu pour diriger la fête du Canada. Gustave n'en sera pas. Il en aurait eu les oreilles encore plus pendantes, pauvre Gugusse que j'aimais bien.

Des amis qui partiront bientôt en voyage s'offrent à nous louer leur maison d'été, au bord de la mer, près d'une ville nommée Royan.

Irons-nous ?

ROYAN

Je me demande si l'endroit me plaira. Personne ne m'avait dit que la propriété contenait un berger allemand qui est une chienne.

Comme je frôlais cette niche apparemment vide, j'entends soudain le raclement d'une chaîne et le visage du monstre sort de l'ombre ! A l'instant j'étais dans un arbre. De là-haut, ma surprise calmée, j'ai mesuré la chaîne qui retient la bête et tracé dans ma tête la ligne à ne jamais franchir quand elle sera dans sa niche. Et quand elle sera libre, je n'irai sûrement pas à sa recherche. Voilà ternies mes vacances à peine entamées.

Pourtant, il y a des arbres, du soleil répandu partout, l'odeur salée de la mer. Pourquoi décider que les semaines à venir seront désagréables ?

Ce matin, je me promenais par-ci par-là, quand je me trouvai pataugeant dans une flaque qui ne fleurait pas la valériane. Non loin, des hommes chaussés de hautes bottes avaient creusé le sol et frappaient sur des tuyaux. Même au bord de la mer, où trouver un courant d'air capable de m'aérer ?

D'habitude, j'évite la niche. Cette fois, je profitai de l'état où j'étais pour jouer à la mouffette aux dépens de Jasmine enchaînée. Mais avec les chiens... Pour eux, tout sent bon !

Comme j'approchais de la maison, Ariane et sa mère en sortaient. Elles poussèrent en même temps le même cri : POUAH ! La correction eut lieu séance tenante. Pendant qu'Ariane me soulevait à bout de bras en détournant la tête, sa mère entra dans la maison et reparut avec une bassine remplie d'eau dans laquelle elle versa le contenu d'un flacon. L'instant d'après, une mousse abondante m'enveloppait de la queue aux oreilles. J'avais beau gigoter, gronder, sortir les griffes, Ariane me tenait ferme et sa mère frottait ferme. Sortie de l'eau savonneuse, je fus passée à l'eau claire à l'aide de l'arrosoir. Après quoi, elles m'aspergèrent de lotion pour dames. Enfin, on me relâcha.

Quelle abominable expérience ! L'eau, quelle invention ! Comble d'humiliation, je me trouvai à passer de nouveau près de la niche et compris que Jasmine avait assisté au spectacle. Aucun doute, car elle me regardait de toutes ses dents souriantes.

Je n'allais quand même pas consentir à perdre la face. Quelques jours plus tard, j'avais retrouvé mon aplomb. En me promenant négligemment autour de la niche, je démontrais à Jasmine à quel point je me moquais de son sourire. Du même coup, je lui rappelais que j'étais libre ; elle, enchaînée.

Il avait été résolu qu'on ne la tiendrait pas confinée dans sa niche indéfiniment. Après tout, elle était chez elle, à Royan. En conséquence, on lui donna bientôt des moments de liberté, moi à l'intérieur. J'y ai gagné de constater que j'avais tort de redouter cette louve. Je ne prétends pas que dans un combat face à face, je finirais par l'emporter. Elle y encaisserait des griffades aux bajoues et y perdrait peut-être un œil, sinon l'autre avec. Mais moi, devant ces pattes lourdes comme des marteaux, ces molaires qui ne pardonnent pas ?... Il n'en est pas moins vrai qu'en dépit de sa taille, cette chienne n'osera pas m'attaquer. Je l'ai étonnée une fois pour toutes, l'autre jour. Alors qu'elle pensait entrer dans la maison, elle me trouva assise carrément devant la porte laissée large ouverte par distraction. En une seconde, j'étais accroupie. Hérissée comme un dragon, les oreilles couchées, la queue balayant le sol, je me mis à cracher. C'est moins la bravoure que la peur qui me faisait agir, mais la grosse bête a pensé le contraire. Pendant qu'elle s'éloignait, queue rabattue, je rajustai ma respiration et retrouvai ma fierté.

À leur façon de parler tout en me regardant, il était clair que mère et fille s'interrogeaient sur la marche à suivre.

— Serait-il prudent de les laisser libres en même temps ?

— Mieux vaut encore que chacune ait son tour.

On pratiqua cette méthode pendant quelque temps. Mais comme les bonnes résolutions finissent par s'amollir, on libère parfois Jasmine quand on me croit vagabondant loin de la propriété ou qu'on me sait profondément endormie dans l'une des chambres. Deux ou trois fois, le hasard a voulu que j'apparaisse à un moment où la chienne venait renifler la porte ouverte. Eh bien ! mon apparition la fige sur place. Au lieu de jouer au dragon comme la première fois, je fais trois pas et m'arrête net, les poings sur les hanches (façon de parler). Un jour où nous étions seules dans la place, je l'ai vue raser la maison, puis la contourner. Je devinai : elle avait constaté que la porte arrière aussi était ouverte. Désormais sûre de moi, j'allai m'y planter. Cette fois encore, Jasmine recula. Je l'ai subjuguée et n'ai pas l'intention de céder mon autorité.

Mais soyons prudente. Quand le maître est avec nous, en week-end, et qu'il joue avec Jasmine au moyen d'une branche nue, je vois et entends des crocs qui me conseillent de dormir sur mes lauriers.

Pour mieux se consoler de Gustave, la maîtresse invite parfois Jasmine, quand elle va faire des achats. Les jours où c'est Ariane qui prend la voiture, je remplace Jasmine. Moi aussi, j'aime voir les arbres et les maisons changer de place. Aux moments où je suis seule, je m'installe là-haut en arrière, contre la vitre. En même temps j'observe ce qui se passe et je me laisse regarder. Comment faire autrement ? Soyons franche : tout en repoussant l'admiration, je perfectionne ma pose égyptienne.

Comme Jasmine est toujours enchaînée, la nuit, il arrive qu'on m'ouvre la porte. On sait que je n'irai pas loin. Mon goût de l'aventure est quand même moins vif qu'il le fut. Je sors si la nuit est douce, s'il y a des étoiles (c'est Michel qui m'a enseigné les étoiles), surtout s'il fait clair de lune comme la nuit dernière.

Aucun doute, la pleine lune agit sur les chats. Elle qui peut tour à tour allonger et raccourcir la mer, quel être échapperait à sa magie ? Même moi qui ne subirai jamais le matou, et tant mieux, je me sens un peu drôle, par clair de lune en été.

La nuit dernière, je me trouvais sur le toit d'une villa des environs, fantaisie qui m'arrive assez souvent. J'étais là bien calme, échangeant des pensées avec moi-même, quand soudain débutèrent ces gémissements que je reconnus d'instinct, ces miaulements qui épouvantent et fascinent à la fois. Une chatte affrontait le compagnon brutal. Il y a quelque chose de diabolique, dans ces duos amoureux. J'imaginais le combat. Car c'en est un, toutes griffes dehors. Je me demandais pendant combien de temps il tolérerait qu'elle se refuse, combien de temps elle dirait non à son propre désir. Malgré moi, mon cœur tremblotait. Je me disais : « Que ferais-tu, s'il apparaissait ? Eh bien ! je l'attaquerais, le giflerais, le grifferais, le déchirerais et le mettrais en fuite. » Tout ça dans ma tête, évidemment.

La pleine lune. Qu'un nuage passe donc sur elle comme un torchon sur une assiette !

Les propriétaires vont bientôt revenir de voyage et ce sera la fin de nos vacances. Vacances moitié-moitié, grâce à Jasmine par-ci, Jasmine par-là. Quand elle est dans sa niche, j'entends la chaîne et ça m'agace ; loin de la maison, son ombre me suit. Au fond, je ne serai peut-être pas fâchée de retourner à Bordeaux.

RETOUR À BORDEAUX

Louis et Léonie ont montré une vive surprise, quand ils m'ont vue tout à coup dans leur cuisinette. Ça sentait encore bon, ce qu'ils m'auraient fait goûter, un quart d'heure plus tôt. Ils étaient vraiment heureux de me voir. Moi aussi, — même si les assiettes étaient vides.

La vie d'hôtel a repris où nous l'avions quittée. A cause de l'automne, chacun a revêtu ses habitudes. On change de vêtements, les chambres voisines changent d'occupants, les lits changent de draps, mais Louis et Léonie sont toujours les mêmes et je leur tiens souvent compagnie. Le garçon de table qui apporte les petits déjeuners est encore le même Edgar qui dit toujours la même phrase :

— Tout y est ? Quantité, qualité ?

Moi qui avais presque hâte de revenir à Bordeaux, je m'interroge. Royan, c'était quand même le plein air, le soleil, le bruit de la mer, et de grands oiseaux blancs glissant le long du vent. Malgré Jasmine, c'était la liberté. C'était aussi du poisson tout frais, tout parfumé. Dommage qu'on n'apprécie pas assez les bonnes choses quand elles sont là. Il ne faut pas que j'y pense trop, car je deviendrai irritable pour un rien.

Aujourd'hui, je fume de colère et j'ai raison. Rien ne m'offusque, ne m'agace, ne me contrarie et ne m'impatiente autant qu'une porte fermée. Une porte fermée, ça vous tourne le dos. Ça dit non et moi, je voudrais oui. Qu'est-ce qu'on me cache, derrière la porte d'Ariane ? Pourquoi n'ai-je pas le droit de le savoir ? Je suis de la famille, après tout ! On exagère.

Il n'y avait personne, derrière la porte. C'est ce que j'ai compris quand Ariane est entrée dans l'appartement. Faut croire que je dormais, quand elle est sortie. Je n'ai plus raison d'être furieuse, mais j'ai le droit de bouder. On saute difficilement de la colère à la joie. Le chat, en tout cas. Moi encore plus. Pourquoi ? Parce que je suis moi.

J'entends dire parfois que je suis boudeuse. Il faut savoir que les occasions ne me manquent pas. Un exemple. Quand les maîtres s'absentent, on me prépare une assiette. Merci, mais c'est trop tôt ; j'aurai faim dans deux ou trois heures. J'y gagnerais à manger avant que le contenu de l'assiette soit défraîchi, mais je ne me sens pas d'humeur. Le temps court et l'assiette est là qui me provoque : « Qu'est-ce qui t'empêche ? On ne saura jamais à quel moment tu as mangé. » Ce qui m'empêche, maintenant, c'est justement l'assiette ! J'ai l'impression que ma bouderie l'amuse. Situation idiote, bien sûr. Comme si j'avais affaire à une assiette vivante ! Mais il faut savoir que dans un appartement où bourdonne le grand silence, l'imagination prend aisément le dessus. Le plus idiot, c'est qu'au fin fond de moi-même l'appétit commence à gargouiller.

Je somnolais, allongée sur une tache de soleil, dans le salon. J'étais seule. Tout à coup éclata un roulement comme si des milliers de briques déboulaient un escalier de pierre. L'instant d'après, éclatait à son tour une musique d'un genre tout nouveau pour moi. Ensuite un silence. Ensuite une voix d'homme en colère qui a crié : « Armes ! » Ensuite le même rrroulement et la même musique. Comme rien ne changeait, dans l'appartement, j'ai cessé de faire le gros dos et me suis risquée jusqu'à la fenêtre. La foule couvrait les trottoirs qui longent le parc. Dans la rue, des centaines d'hommes rangés les uns contre les autres, les uns derrière les autres, marchaient d'un même pas saccadé.

Quand la famille est revenue, j'ai appris que c'était aujourd'hui le 11 novembre. Le bon Louis m'en dira peut-être davantage.

Je redoutais l'hiver, oubliant qu'à Bordeaux l'hiver est doux. Il ne neige pas, mais il pleut souvent et le soleil est rare. D'autre part, nos visiteurs sont nombreux.

Comme à chaque retour des vacances, ces envahisseurs m'étaient d'abord tombés sur les nerfs. Surtout quand plusieurs dames tricotaient leurs phrases en même temps et que je n'arrivais pas à en sortir un mot parce que mon oreille avait manqué d'entraînement, pendant les vacances. Comme à chaque fois précédente, je comprenais que c'en était fini pour des mois, le ravissement d'être chatte selon la nature et je m'adressais le même reproche : à vivre entre des murs, j'étais infidèle à ma vérité.

Tout est rentré dans l'ordre. Le contentement d'être chatte pure et simple ne me suffirait plus. De nouveau, je suis fière de me savoir l'exception à la règle. Je veux aller au-delà de moi-même ; je veux pratiquer ce que les humains nomment le dépassement.

Cet après-midi, jour de Noël, les maîtres sont occupés à fêter le personnel du consulat et leur marmaille, dans un salon de l'hôtel. J'ai refusé d'en être parce que je n'aime pas les enfants. C'est leur faute. Depuis que je suis au monde, deux ou trois ont su me respecter. Les autres ? Rien que d'y penser, je sens mes ongles. Surtout deux diables que leur mère traîne avec elle chaque fois qu'elle rend visite à la maîtresse, la fille au bout d'une main, le garçon au bout de l'autre. Je m'isole, mais j'entends bientôt leurs voix pointues :

— Où est-il, maman, le beau chat noir ?

— Moi aussi, je voudrais le voir !

La maîtresse cherche à distraire leur attention, mais c'est maintenant la mère qui insiste. On vient donc me chercher. La maîtresse a beau répéter : « Attention, Claudine ! Pas par les oreilles !... Jean-Guy ! Pas par la queue ! » le chéri me tient la tête en bas, la chérie me fourre les doigts dans les yeux. Jusqu'à ce que je mordille l'un des deux, qui se met à hurler et l'autre avec lui, ou avec elle.

Dira-t-on jamais aux enfants qu'en prenant un chat dans leurs bras, ils ne doivent pas emprisonner ses pattes de derrière ? Saisi de panique, le chat sortira les griffes. Il ne faut pas non plus tirer nos moustaches, dont chaque poil contient un nerf. Nos joues, nos sourcils, nos oreilles sont également sensibles. Quant à flatter un chat à contre-poil, aussi bien décoiffer une jolie femme au sortir de son miroir.

Il paraît que la fête fut un succès et que tous ont regretté mon absence. Ce qui est certain, c'est que la maîtresse m'a l'air très lasse. Même triste. A cause de mon refus ? Je l'ai cru jusqu'au moment où elle s'arrêta devant une photo encadrée, — comme celles des chats qui m'ont précédée, à Montréal. Celle que la maîtresse regarde, pendant qu'elle se croit seule, c'est une photo de Gustave. Il me revient que Gugusse est mort autour de Noël, l'année dernière. S'il m'était donné de parler...

C'est bête. On sourit, on me flatte, mais est-ce qu'on entend vraiment ce que mes yeux cherchent à exprimer ? Oui, c'est bête : moi qui comprends l'homme, mais ne peux le dire ; l'homme qui peut le dire, mais ne me comprend qu'à demi ou pas du tout.

J'étais loin de prévoir ce qui m'attendait. Je croyais que les maîtres et Ariane s'accorderaient un peu de repos, une fois passé le jour de l'an. Au contraire, le grand événement prend place : après deux ans à l'hôtel, nous voici dans un édifice situé de l'autre côté du parc que Gustave aimait tant.

Il semble que les etages d'en bas, ou je n'ai pas d'affaire, contiennent le consulat ; les étages où je me promène s'appellent résidence officielle. Je n'ai pas

117

encore tout vu, mais la fenêtre de la cuisine donne sur des toits d'autant plus invitants qu'ils sont accolés les uns aux autres...

Les adieux m'ont émue, au moment de quitter celui et celle qui furent si bons pour moi. J'espère qu'on les invitera. Un dimanche, par exemple ? Ça me permettrait de voir comment ils s'habillent, ce jour-là où des remplaçants s'occupent des chambres. J'ai toujours vu Louis en gilet rayé, comme les autres domestiques, et Léonie dans une robe noire derrière un long tablier. Mais j'ai beau vouloir rester émue, la fenêtre de la cuisine accapare mes pensées...

Au lieu de Louis et de Léonie, nous avons une cuisinière et une femme de chambre. La plus importante pour moi est la cuisinière. Elle s'appelle Yvonne. Je gagnerai son affection sans qu'elle s'en aperçoive. J'espère qu'elle a un faible pour le poisson. Bernard, notre chauffeur, devient en même temps maître d'hôtel. Il porte un uniforme dont il est fier et une casquette qu'il n'aime pas.

Quand je ne connaissais pas encore le sens des mots, la voix humaine ne dérangeait guère mon sommeil. Il n'en va plus de même. Malgré moi j'écoute, comme à travers un brouillard. Yvonne et Dorothée et Bernard ne soupçonnent pas que je les comprends. Si les maîtres étaient à ma place, ils ne seraient pas toujours contents. Dorothée manque de gratitude. Par moments, je serais portée à la griffer. Mais elle se demanderait bien pourquoi ; elle me croirait prise d'un cauchemar. Yvonne est plus généreuse, dans ses remarques. Je ferai la paix avec elle en vidant mon assiette, — ce que je fais d'ailleurs depuis quelque temps. Bernard aussi est loyal, et je l'aime bien. De temps à autre, quelqu'un du consulat monte voir « où en sont les choses ». Les jours suivants, Dorothée retient sa langue.

Ma situation de témoin m'a conduite à une question que j'aurais dû me poser depuis longtemps : « Celui et celles que j'appelle ma famille devinent-ils que je comprends à peu près tout ce qu'ils disent ? » Ce qu'ils disent à moi, oui. Mais quand ils parlent entre eux et se croient seuls ? J'ai l'impression que non.

A prêter l'oreille aux humains, j'entends des choses déconcertantes. L'autre jour, la maîtresse servait le thé à des visiteuses. Voici ce que j'ai entendu, raconté par une des dames :

— Ce que ma mère servait de préférence, avec le thé, c'étaient des langues-de-chat.

Or, voilà que ce matin, dans la cuisine, la femme de chambre a dit à Yvonne, qui tenait un grand couteau à la main :

— Je donne ma langue au chat.

Je n'ai pas entendu la suite. Je n'avais aucun désir d'assister à un événement pareil et aucune envie de manger de la langue humaine. Mais quand j'ai revu Dorothée, elle avait encore la sienne. Faut croire qu'elle avait changé d'idée.

Je n'en surveille pas moins les menus. Aucune inquiétude en ce qui concerne Dorothée : elle aime trop la parole pour se séparer de sa langue. Ce que je surveille, c'est ce qu'Yvonne met dans mon assiette. Or, hier midi, justement, elle préparait de la langue. Pour mieux voir, j'ai sauté sur l'appui de la fenêtre. Eh bien ! les tranches étaient larges comme la main de Bernard.

— Et toi, la noire, tu aimes la langue de bœuf ? m'a dit Yvonne.

Je suis rassurée, mais sans négliger tout à fait ce qu'a raconté la visiteuse, l'autre jour, à l'heure du thé.

IL NE MANQUAIT PLUS QUE ÇA !

Une dame que nous voyions souvent à l'hôtel s'est présentée avec une valise semblable à celle dans laquelle on me véhicule, mais beaucoup plus élégante. J'ai pensé qu'il s'agissait de la valise du chien-chien qu'elle tenait dans ses bras. Eh bien, non ! C'était un cadeau.

— Mais je n'ai pas de chien, dit la maîtresse.

— Vous croyez ? répondit la dame, en faisant jouer la fermeture éclair de la valise.

Il en sortit un petit chien à poils longs pareil au sien, mais tout jeunet, avec un ruban rose entre les oreilles. Les deux amies partageaient une telle émotion, chacune avec son chien dans les bras et Gustave dans leur pensée, que pour elles j'étais tout à fait absente. Je pouvais donc réfléchir à mon aise. Je me rappelais avoir entendu la maîtresse déclarer que jamais plus elle ne posséderait un chien et voilà que par la faute d'une étrangère j'allais retomber au second rang.

Toute la famille s'est appliquée à lui trouver un nom parfait pour une blonde, mais qui ne fût pas plus long qu'elle.

— Nom d'un chien ! a dit le maître, en souriant.

. Ariane et sa mère ont fait comme lui, sans que je devine pourquoi. On a fini par l'appeler Noisette.

Je mentirais en pensant que cette chienne « terrier du Yorkshire » n'est pas tolérable. Elle n'est ni jappeuse ni encombrante. S'il arrive que nous nous frôlions, ça ne crée aucune étincelle. Tant mieux pour elle, car je n'aurais qu'à me gonfler comme le chat en est capable, et lui faire croire à une taille que je n'ai pas vraiment. Mais à quoi bon ? Pour moi qui ai subjugué ou hypnotisé l'énorme Jasmine, cette Noisette d'Angleterre n'est qu'un brin de chien. Avant de porter sur elle un jugement sérieux, laissons-la mûrir. En attendant, elle mériterait même un léger merci sans qu'elle le sache. Comme elle monopolise l'attention générale, il me sera peut-être possible de franchir la fenêtre de la cuisine et de visiter enfin les toits.

La nouveauté n'est plus Noisette, mais un piano beaucoup plus grand que celui que nous avions à Montréal et ensuite à Paris. Il est d'un noir luisant comme ma robe. C'est vraiment beau, le noir. Longtemps privé de sa musique, le maître en profite. Moi, j'apprends que la musique réveille les souvenirs. En écoutant, je me crois là-bas à Paris et je revois la fenêtre où je me tenais, la rue toujours la même ; je revois Martine, Linda et son Chouchou que j'avais pris tant de plaisir à oublier, mais à qui je pense de nouveau à cause de Noisette, petite comme lui.

Plusieurs Canadiens viennent nous voir. Aujourd'hui, c'est un ami que j'ai reconnu de loin parce que sa bonne humeur franchit toujours les portes avant lui. Dès qu'il m'a aperçue, il a fait comme d'habitude : il m'a donné un grand coup de pied volontairement trop court. C'est sa manière d'arracher un cri à la maîtresse, qui tombe chaque fois dans le piège. J'espère que le bon Raoul ne commettra jamais la distraction d'avoir le pied plus long que d'habitude.

Dans notre salon, Bernard a projeté des films canadiens. Celui qui a le plus impressionné les invités montrait l'automne, chez nous. A tout moment, on échangeait des soupirs d'admiration, des phrases coupées par manque de souffle.

— Quelle merveille ! Et tout cela est vrai ? Ces couleurs, ces contrastes, ces nuances !

J'étais fière. Des merveilles comme celles-là, on en a à pleines montagnes, à Sainte-Adèle-en-Haut mon pays natal.

Ariane m'a amenée visiter le maître, hospitalisé dans une clinique. (On n'a jamais deviné que c'était moi, dans cette valise !) Le maître m'a embrassée entre les oreilles, il m'a parlé, il m'a flattée, mais sans me prendre dans ses bras, puisqu'il n'a qu'une main. A cause d'une brûlure, sa droite est enveloppée et il la tient contre son cœur. Pourtant, il cherche à écrire, — de la main gauche. Ariane l'a fait rire en disant que les araignées écrivent comme ça.

Rien à signaler, depuis. S'il est arrivé des choses intéressantes, je n'en étais pas, je n'y étais pas ou je dormais. Ah ! Yvonne m'apprend que le mois de mai est en marche depuis une semaine. Mon anniversaire a donc passé inaperçu. A l'instant même, Ariane surgit.

— Pauvre Pétrouch, tu as eu neuf ans sans le savoir ! Voici ton cadeau.

Elle m'en fait un autre encore plus beau : celui d'avoir neuf ans depuis une semaine, et non un an. Ça porte quand même à réfléchir.

Le maître est revenu à la maison après quinze jours d'absence. Il porte un gant blanc comme ceux de Bernard servant un grand dîner. C'est curieux à voir, le maître avec un seul gant : on dirait qu'il a perdu l'autre. Parce qu'il ne peut pas encore tenir un couteau, on lui sert sa viande tranchée en petits morceaux comme pour moi et pour Noisette.

Les maîtres, Ariane et Noisette viennent de partir pour Montréal, où se tient une exposition extraordinaire, dit-on. Il semble que même avec ses lions, celle de Bordeaux n'est rien, comparée à l'autre qui s'appelle EXPO 67.

Vu son genre de travail, la femme de chambre me verra moins qu'Yvonne. Or, Yvonne a pour moi une petite faiblesse. Elle l'a prouvée la nuit dernière en laissant la fenêtre de la cuisine ouverte. Dès le deuxième toit, j'affrontais une chatte de gouttière. Elle a miaulé ses menaces ; j'ai craché les miennes ; la bataille s'engagea. Nous avons dû réveiller le quartier ! Une voix de femme criait : « Chat ! » Quelqu'un lança une bouteille qui dégringola du toit et alla s'émietter tout en bas. Quand l'ennemie battue se retira, Yvonne m'attendait, en chemise de nuit et aussi dépeignée que moi. J'ai bien peur que désormais la fenêtre de la cuisine se fermera avant le clair de lune, même si les nuits sont chaudes.

Maintenant je passe mes nuits enfermée dans la salle de bains de la chambre d'amis, vu qu'il n'en viendra pas. Yvonne sait très bien que je la boude. A chaque repas j'en laisse dans mon assiette, même si j'ai encore faim. Au contraire, je me montre gentille avec Dorothée que je n'aime pas. A quelques reprises, Yvonne s'est vengée en me servant de la viande non seulement cuite, mais refroidie.

Pour leur repas du midi, Yvonne a servi des asperges. Le chat n'en mange pas, mais quelle odeur agréable ! Et voilà que ce soir, Dorothée boit une tisane à la menthe, — autre odeur délicieuse. Sans qu'elles s'en doutent, les deux m'auront fait plaisir, aujourd'hui. Mais ça ne corrige pas la mauvaise humeur que j'entretiens pendant l'absence d'Ariane, — et de ses parents, bien sûr. Pourquoi me priver de sa chambre qui est la mienne ? J'y serais parmi ses choses. Un peu comme avec elle.

Mon plat de sable et moi, nous voici de retour en bas. Yvonne, Dorothée, Bernard et la femme de ménage sont très occupés. Par deux fois Bernard est allé aux provisions et la cuisine en déborde. Il faut croire qu'on attend beaucoup de monde. Soudain, mon cœur bat plus fort. Est-ce *eux* qu'on attend ?

Oui ! Tous les trois sont revenus, Noisette en plus. (Je l'avais quasi oubliée, celle-là.) La vie normale va reprendre.

La vie normale, pour les maîtres et un peu pour Ariane, cela veut dire la vie officielle. Pour moi, c'est quand des étrangers réclament ma compagnie. Tant mieux s'ils aiment les chats, mais on n'est pas toujours disposé à faire des grâces. D'ailleurs, je ne représente pas la confrérie ; je ne suis pas « les » chats à moi toute seule. Je veux bien qu'on admire la princesse noire, mais à mes heures ; je veux être polie si le cœur m'en dit. Aujourd'hui, il ne m'en dit pas.

Quand le maître n'est pas absent de Bordeaux, il se tient au deuxième étage, où sont les bureaux, et lorsqu'il monte au troisième pour le repas du midi, il caresse les touches du piano, en attendant de passer à table. Moi, j'écoute. Le chat aime la musique qui ne fait pas de bruit.

Maintenant le ciel est gris bien souvent. Souvent il pleut. Souvent il va pleuvoir et Bernard enlève le drapeau pendant qu'il est sec. D'un arbre à l'autre, le parc laisse tomber ses feuilles à mesure qu'elles sont usées. D'un pays à l'autre, la nature se répète.

Une ou deux fois par semaine, la maîtresse reçoit des dames et elles font « un p'tit bridge », si j'ai bien compris. Aujourd'hui, j'ai eu la preuve que ce jeu est très sérieux. Pour me dégourdir, je m'étais aventurée dans le salon. A peine étais-je entrée, qu'on entendit un bruit de collision d'automobiles. Les dames se précipitèrent aux fenêtres. Moi ? J'ai sauté sur la table. Voilà la moitié des cartes par terre, et deux cendriers avec elles ! La collision n'avait plus d'importance ; l'important, c'était la partie maintenant pêle-mêle sur le tapis. Je n'ai pas aidé à ramasser les cartes : j'étais devenue une chatte absente.

Invitée à passer quelque temps chez des amis, Ariane est partie pour Londres. Si je tiens compte de son voyage à Montréal, j'aurai moins profité de son affection que d'habitude.

Après la mort de Gustave, il m'avait semblé que la maîtresse m'appréciait de plus en plus. Elle m'apprécie toujours, mais depuis Noisette... Après tout, ça la regarde. Si je poussais la franchise à sa limite, est-ce que moi-même, qui n'aime pas les chiens excepté Gustave, je ne les préfère pas aux chats ? Un chien prend beaucoup de place, dans une maison, mais un chat prendrait la mienne.

— Dites donc, celle-là ! Elle se croit devenue chien ?

C'est Dorothée qui a lancé cette remarque, en entrant dans la cuisine comme je flairais l'assiette de Noisette. Depuis que mon plat de sable a eu l'honneur de passer quelques semaines sur l'étage des chambres, Dorothée fait sa désagréable, avec moi.

Je ne voudrais pas qu'elle me surprenne entre mon bol d'eau et mon bol de lait... Comment se fait-il que je n'arrive plus à me décider du premier coup ? Je me penche sur l'eau et c'est le lait qui me tente ; je regarde le lait, c'est l'eau. Pourquoi hésiter ? Le lait est aussi frais que l'eau, j'aime l'eau autant que le lait et les deux apaisent la soif. D'où peut venir cette idiotie ? Il ne faudrait surtout pas qu'elle contamine ma manière de penser.

Ariane est revenue de Londres, mais pas seule : NOUS VOILÀ AVEC UNE PAIRE DE CHIENS ! Le nouveau est une petite merveille de la même race que Noisette, — un garçon, celui-là, plus jeune qu'elle de deux ans. Il se nomme Percy.

Je le déteste.

Je l'ai pris en grippe dès qu'il m'a vue. On cherche à l'excuser en disant qu'il voyait un chat pour la première fois. Ça ne corrige rien. Penser que l'insolent s'est jeté à ma rencontre comme un déchaîné et que j'ai réagi d'une façon aussi humiliante ! MOI ! Penser que j'ai enfilé d'une traite le grand escalier

tournant, moi deux fois grosse comme cet avorton !
Seule la surprise explique une pareille distraction.
Habituée à la douceur de Gustave et à l'indifférence
de Noisette, j'ai été saisie au dépourvu. Mes jambes
m'ont précédée.

C'est une fois là-haut que mon orgueil s'est mis à
grincer. Avoir fui devant une puce, un moucheron, un
microbe ! Chaque poil me brûlait comme une aiguille.
J'entendais rire, en bas. Je songeais que l'histoire
ferait bientôt le tour des conversations. Comme mes
maîtres reçoivent et visitent beaucoup de monde,
tout Bordeaux s'amuserait à mes dépens. Trop morti-
fiée pour réapparaître au salon, je me retirai dans
une pièce inhabitée et commençai à mettre de l'ordre
dans mes idées.

Inévitablement, Noisette défendrait Percy. « Le
sang est plus épais que l'eau », comme on dit dans
leur pays natal, l'Angleterre. Les taloches que j'em-
magasinais pour la petite merveille, mieux vaudrait
les utiliser en l'absence de Noisette. J'étais plus
lourde qu'elle, mais deux jeunes chiens égalent deux
fois plus de molaires.

Ariane vient me trouver. Elle chercha à me consoler, mais sa respiration trahissait que l'incident
l'amusait encore. Je ne ronronnais pas ! Le frérot ne
l'emporterait pas au paradis des chiens !

A cause des maîtres, des serviteurs et de Noisette,
je n'aurai sans doute jamais la chance de tapoter
l'ennemi comme il me plairait de le faire. Mais je
trouverai. On n'est pas chat pour rien. En attendant,
comme Ariane avait eu l'intelligence de ne pas
insister, je fus en mesure d'employer ma première
arme : le dédain. Bientôt je descendais l'élégant
escalier, seule, aussi lentement et nonchalamment

127

que possible. J'espère que la petite cervelle a compris que cette lenteur princière contenait une menace. C'est décidé : je suis sa bête noire.

Un peu avant Noël, grande réception à la résidence. D'habitude, je fuis ce pêle-mêle aux bouffées d'alcool et de tabac. Mais, ce soir, je me suis faufilée entre les petits souliers à talons hauts et les gros souliers à talons plats. C'est que la maîtresse et Ariane se promenaient chacune avec un cher petit venu d'Angleterre et je voulais voir de près quel succès ils auraient. Percy a été fêté et j'ai savouré le plaisir de le détester davantage. Moi ? Comment me remarquer dans les bras de personne ? Une prochaine fois on me verra : je grifferai l'invité d'honneur.

C'est le jour de l'an, mais Percy est à Marseille avec les maîtres, chez des amis canadiens. C'était pour leur en faire cadeau, qu'Ariane l'a transporté d'Angleterre. Noisette cherche partout le disparu. Mais comme elle l'a peu connu, elle l'aura vite oublié. Pour moi, bon débarras !

Pensez-vous ? Hier soir, la petite merveille à face de renard revenait avec les maîtres ! Pour la plus grande joie d'Ariane et surtout de la maîtresse. Pour la joie aussi de Noisette, bien entendu.

Ces amis de Marseille ont dû refuser le cadeau parce qu'ils partiront bientôt pour un long voyage et que leur servante n'aime pas les animaux. Comme pour leur donner raison, Percy, paraît-il, insulta un beau tapis tout neuf.

Le seul avantage que moi, je trouve à ce retour, c'est que le petit génie était parti avant que je lui fasse regretter de m'avoir humiliée, le jour de son arrivée. Depuis hier soir, j'ai encore devant moi les occasions à ne pas manquer. Je m'en pourlèche.

Une occasion parfaite s'est présentée, mais j'en ai été distraite par d'autres pensées. Moi qui ai vécu des années près de Gustave, jamais ne l'ai-je entendu rêver. Ni Noisette. Or, aujourd'hui, j'ai eu la surprise de voir et d'entendre comment se comporte un chien qui rêve. Cela débuta par de tout petits jappements comme pourrait en faire un chien nouveau-né caché sous une couverture de laine. Percy jappait en miniature. Il s'imaginait en train de courir. Les pattes remuaient, surtout celles de devant, mais sans s'éloigner les unes des autres. J'étais fascinée. Puis le tout cessa. Le rêve était fini.

J'avais maintenant la tête pleine de questions. Est-ce que je miaule, en rêvant ? Si je grimpe dans un arbre, mes griffes le disent-elles ? Est-ce que les oiseaux rêvent ? J'ai dû en faire rêver plusieurs !... A Sainte-Adèle, à Arcachon, à Royan, ailleurs aussi, — partout où il y en avait à mon arrivée, et moins à mon départ. Non que j'en aie supprimé par douzaines. Quelques-uns, oui, mais est-ce ma faute si je prends le chant d'un oiseau pour une invitation ? Quelques-uns et pas davantage, parce que l'oiseau a des ailes et moi pas.

Cette expérience m'a portée à regarder dormir Noisette. Rien qui prête à rire autant : elle ronfle ! A qui la faute ? Elle mange trop. Deux fois plus que moi. Je me suis sentie distinguée, en écoutant bourdonner ce petit visage poilu. Quant au jeune insolent... J'ai été bonne fille, mais je trouverai moyen de le faire courir autrement qu'en rêve.

Parfois, quand il a chaud, Percy dort sur le dos, les quatre pattes dépliées. Une table à l'envers. Jamais je ne prendrais pose aussi grotesque, la race féline étant pudique naturellement. Quand un chat se jette sur le dos, ce n'est pas pour s'aérer la brioche, comme on dit en France, mais pour mieux griffer.

Que le chat est un animal gracieux, je l'ai entendu dire trop souvent pour en douter. Bien entendu, il m'est impossible de me regarder de l'extérieur, mais je me *sens* gracieuse par le seul fait que lorsque je marche ou m'assieds, ou me couche en long ou en rond, aucun muscle ne me fait mal. Le chat est gracieux sans le savoir, mais il peut l'être volontairement — comme, par exemple, en couvrant mes yeux avec ma patte, si la lumière m'incommode. Souvent je m'applique à prendre des poses qui m'avantagent. C'est une façon de rappeler ma présence, quand je trouve qu'on me néglige. Je ne veux pas dire rappeler ma présence à n'importe qui. Je veux dire à ceux que j'aime, et ils sont peu nombreux. Lorsque j'obtiens leur attention, je les remercie en faisant la comique. J'invente des attitudes. Je replie une patte et allonge l'autre ; je me donne une tête dévissée aux trois-quarts ; je garde un œil ouvert et l'autre pas ; je replie une patte allongée et allonge celle qui était repliée ; ma queue zigzague comme une couleuvre. Pendant que je récolte les sourires que je mérite, Percy et Noisette sont comme absents. Très dépités, c'est visible. Visible pour moi, car je suis la seule qui les regarde. Tout à coup Percy se met à glapir. Noisette l'imite sans savoir pourquoi. Ils reprennent l'attention, mais j'ai eu mon succès. Et je ne suis pas deux, moi : je les remporte seule, mes victoires.

Enfin j'ai tapoté la petite caboche ! Comme je l'avais deviné dès notre première rencontre, ce genre d'occasions ne se présenterait pas souvent. Sans qu'il y paraisse (croit-on), chacun fait en sorte que je ne sois jamais seule avec le trésor. Mais hier soir, comme la maîtresse lisait sur sa çhaise longue, j'ai remarqué que les chiens-chiens lui tenaient compagnie ; surtout que Percy était placé tout au bord de la chaise. J'eus un trait de génie. La maîtresse perdue dans sa lecture, les toutous sommeillant, je me glissai sous la chaise, du côté opposé à celui qu'occupait Percy. Je rampai jusqu'à ce côté et sortis sans attirer l'attention. L'instant d'après, je tapais, tapais, tapais la caboche comme fait le maître sur sa machine à écrire. Hurlements, cris de la maîtresse, jappements de Noisette — et moi qui passais la porte. On me punira, mais je ne suis pas trop inquiète, ayant donné des tapes sans griffes. En tout cas, je me suis fait plaisir.

Noisette est devenue mon ennemie. Elle se place entre moi et Percy comme une barrière. Elle cherche à faire ce que je faisais à Royan quand Jasmine hasardait une patte dans la maison : elle se campe bien en vue, carrée, sans bouger. Moi, j'avais lieu d'être fière, Jasmine ayant dix fois ma taille et des dents à me broyer en trois minutes. Les défis de Marie-Noisette font sourire. Quant à lui, il a le tremblement même à l'abri de son alliée. S'il est seul, il fait semblant d'être ailleurs.

Depuis que le maître m'a lancé cette remarque, je cherche encore. Il était occupé à lire. Moi, allongée sur un fauteuil, je savourais le silence qui emplissait la maison. Nous étions seuls depuis des heures. Soudain, sans même tourner la tête :

— Pétrouch'! Tu ronronnes comme un alexandrin !

Je me demande à quelle machine il m'a comparée. Je ne le saurai sans doute jamais, car cette remarque n'a gardé pour lui aucune importance. Ce qui le captive, maintenant, c'est la langue espagnole. Il s'entraîne à parler cette langue non seulement avec Ariane et sa mère, mais avec le maître d'hôtel qui a remplacé Bernard et qui est Espagnol, justement. Il en néglige même son piano. Moi aussi, il me néglige. Je sens quelque chose dans l'air, tout autour de moi.

J'avais raison. Cela a commencé petit à petit, comme la pluie, mais tout à coup j'ai compris : nouveaux adieux en perspective.

— Vous aurez déménagé souvent vos pénates, a dit quelqu'un.

C'est quoi, des pénates ? Moi qui connais par cœur toutes nos possessions, je n'en vois pas qui aient jamais porté ce nom. A-t-il voulu dire nous, les animaux ? Comme j'étais présente, il m'aurait alors indiquée d'un coup d'œil ou d'un coup de menton. Nos pénates... On me le dira peut-être un jour. En même temps que le fil d'Ariane, à Paris, et l'alexandrin, l'autre semaine.

Maintenant c'est une activité idiote. On sort les malles, les valises, les sacs ; vide les tiroirs, les placards, les tablettes ; empile vêtements et linge sur les lits et les fauteuils. Pour rappeler qu'ils sont là, Percy et Noisette s'installent dans une valise à moitié pleine. Comme si la maîtresse allait abandonner ses chéris ! Ils boivent beaucoup et mouillent beaucoup de journaux, mais ne mangent pas. Ils ne pensent qu'à être inquiets. Quand la maîtresse passe d'une pièce dans une autre, ils la suivent. La femme de chambre, les bras chargés de linge, a trébuché sur eux au moins trois fois. Moi, placide, je reste à l'écart sur un canapé qui semble n'intéresser personne et j'observe le branle-bas familier. Ainsi, j'ai capté au vol une nouvelle qui m'enchante : c'est à Montréal que nous irons.

Nous prendrons l'avion dans quelques jours. Pour moi, ce sera la première fois que je verrai le ciel de près.

MONTRÉAL
UNE QUATRIÈME FOIS

Il était temps que je quitte ce plancher qui avait le hoquet. Vive l'automobile !

A l'aéroport, les maîtres et Ariane ont eu l'étonnement de voir qu'un seul ami les accueillait, — l'ami Raoul, qui nous avait rendu visite, à Bordeaux. Mais en entrant dans l'appartement, quelle surprise ! Il y avait là des parents, dont la sœur et les deux frères du maître, et des amis à la douzaine. Comme j'étais dans les bras d'Ariane que chacun et chacune embrassaient en même temps, je n'ai pas vu tout de suite que nous étions dans un endroit étranger.

Je n'arrive pas à approuver cet appartement où je ne rencontre aucun souvenir, aucun meuble. Pourquoi être ici plutôt que dans notre ancien chez nous ? Je ne saurai jamais si mon ami Ernest y est retourné.

Chaque semaine, le maître va passer quelques jours à Ottawa. Il en rapporte des papiers et pratique l'espagnol encore plus. Il cherche ses mots, grimace, reste la bouche ouverte entre deux phrases. Quand j'entends cette voix familière composer des sons espagnols, je pense à la grosse Paola qui riait toujours et touchait son bras nu comme pour me dire : « Je suis aussi noire que toi. »

Germaine et son oncle Lionel sont venus. Chose curieuse, je les reconnais mieux dans ma tête qu'en personne. Lionel a raconté qu'étant petite, je buvais à même l'eau des casseroles posées dans l'évier. Germaine riait. Mais quand elle a mentionné Gustave, elle et Lionel ont copié le visage de la maîtresse : Gustave n'avait eu que les qualités. C'est de plus en plus vrai.

Rien à faire, cet appartement m'est contraire. Est-ce dû à la nervosité des chiens ? Peut-être, car ils le sont joliment. Quand la maîtresse ou Ariane sort les laisses et les colliers, ce qui annonce une promenade, Percy jappe sa joie à tue-tête. Heureusement, la maîtresse a enfin trouvé un moyen de le réduire au silence. Elle le pose dans la baignoire (à sec) et elle le quitte en déclarant très fort comme Noisette est raisonnable. Isolé dans cette baignoire où il se fait savonner deux fois par semaine, le petit trésor n'a plus de voix. Quand la maîtresse revient après être sortie sans les amener, les deux, cette fois, glapissent au point que les échos rebondissent d'un mur à l'autre. Pourquoi ne pas s'en tenir à remuer la queue ? Chez le chien, ça dit tout ce que ça veut dire. Et pourquoi ne pas savoir que l'ouïe du chat est d'une délicatesse presque douloureuse ?

Depuis une semaine, je me grattais furieusement l'intérieur d'une oreille. Tous ces abois m'affectaient, bien sûr. Ariane m'a conduite chez un vétérinaire qui enlève les démangeaisons, — peut-être celui-là même qui a changé mon avenir, quand j'avais huit mois. Ce docteur prétend qu'au fond de mes deux oreilles il a découvert des MITES ! Ariane a trouvé ça drôle et j'en ai été humiliée. Sans doute pour me consoler, l'homme s'est mis à raconter que dans les grandes familles d'Égypte, il y a trois mille ans, les chats portaient des boucles d'oreilles en or. Quel rapport avec moi, trois milles ans plus tard ? Ariane a voulu me demander pardon en me caressant les oreilles, mais qu'on me les laisse tranquilles ! Si vraiment j'ai eu des mites, c'est Percy ou Noisette qui me les aura transmises. C'est peut-être pour cela qu'on les baigne deux fois par semaine. Je vais surveiller lequel ou laquelle se gratte le plus souvent et je saurai à qui m'en tenir. En attendant, je reconnais sans plaisir que je dors mieux, avec des oreilles en bonne santé.

En attendant aussi, je constate comme le chien manque de fierté. N'est pas chat qui veut. De la main du maître, hier dimanche, Percy a reçu une légère correction sur l'arrière-train. Il la méritait : les pattes de table ne sont pas des arbres. Bientôt, le maître l'appelait. Cette fois, d'une voix douce qui passait l'éponge. Eh bien ! Percy lécha la main qui venait de l'humilier. J'eus honte pour lui.

Tante Bernadette habite ailleurs, mais nous la voyons souvent. Je la sens triste, elle qui devrait être heureuse, et je commence à m'interroger. Ce qui diffère des autres fois, c'est que même après plusieurs semaines, la maîtresse laisse l'appartement tel qu'elle l'a trouvé. A peine si elle a changé certains meubles de place. Elle n'aime pas la couleur des tentures, mais elle la tolère. Pareillement les tapis. J'ai appris tout cela en l'écoutant parler au téléphone.

Il semble que nous ne serons pas à Montréal bien longtemps.

J'avais raison. Mort ou pas encore, le pigeon Ernest n'aura jamais changé de monument autant que moi d'appartement. Cette fois, nous irons habiter très loin dans un pays où les gens parlent espagnol. Enfin, je comprends pourquoi le maître pratique cette langue même avec moi.

L'autre jour, au milieu d'amis, il me flattait avec une insistance particulière en disant :

— On doit flatter un chat dans le sens du poil. Le diplomate s'exerce.

Les amis ont ri. Moi, je n'ai pas compris. Ça m'étonne.

Le pays où nous irons s'appelle Argentine. La maîtresse, Ariane et les petits chéris feront le trajet en bateau. Moi, je partirai avec le maître la semaine prochaine, en avion. Comme les avions vont très vite et moins vite les bateaux, nous arriverons les premiers.

Quelle expérience j'aurai connue !

J'étais aux côtés du maître, dans l'avion, mais pas à l'état libre. A cause du règlement, c'est dans ma valise que je volerais de Montréal jusqu'en Argentine. Quelle aventure !

Plusieurs fois, le maître emporta la valise chez les messieurs, toute chatte que je sois. Sur un journal étalé à ses pieds, il m'invitait à boire, dans une soucoupe en plastique. Après quoi... Mais, plus morte que vive, je n'avais ni soif ni le contraire et la valise me ramenait au fauteuil. Pendant longtemps je crus que le maître et moi étions seuls à bord, tant les voyageurs n'avaient rien à se dire. Puis vint un moment où l'avion commença à descendre et une voix métallique prononça un mot qui ressemblait à « Méhico ».

Bientôt, le maître mettait pied à terre, valise au bout du bras. L'instant d'après, des douzaines de jambes m'environnaient et ceux et celles à qui elles appartenaient n'en finissaient pas de nous bousculer et de piailler ni en français ni en anglais, ni dans les deux à la fois comme à Montréal, mais en espagnol. Étions-nous en Argentine ? Non. Après une promenade parmi quelques brins d'herbe, je retrouvai ma cellule et l'avion reprit son vol. L'avion était plein, maintenant. Le maître dut me poser par terre. Après minuit, on éteignit les lumières. La conversation générale cessa et je me trouvai horriblement seule. De temps à autre, le maître plaçait sa main devant ma grille, pour me rassurer. Mais pendant de longs moments il sommeillait, sans doute. Moi, je n'y arrivais pas.

A l'aéroport de Lima (cette fois je compris le mot clairement), le maître fut accueilli par son collègue l'ambassadeur canadien dans ce pays, — le Pérou. Ce n'était donc pas encore la fin et notre avion allait repartir. Eh bien ! pas du tout : le maître apprit qu'il lui fallait rester à Lima pendant deux jours. Le gouvernement le voulait ainsi. Quand le maître mentionna ma présence, la voix du collègue devint toute pâle : les bons hôtels de la ville n'acceptaient pas d'animaux...

Le maître décida qu'il se présenterait quand même à l'hôtel déjà choisi pour lui. Mais au moment de franchir la porte d'entrée, il couvrit la valise en étalant son paletot sur son bras. C'est en aveugle que je pris l'ascenseur avec lui, son collègue et le directeur de l'hôtel qui n'en finissait plus de répéter « Excelencia. » Heureusement, le directeur n'entra pas dans la chambre. Un peu plus tard, le collègue prenait congé.

Le maître me posa sur le lit et chercha à me flatter. Mais j'avais la tête trop embrouillée. Cette chambre que l'ascenseur avait mis si longtemps à atteindre m'encerclait comme un rêve.

Après quelques heures de repos, le maître m'isola dans la salle de bains et sortit. Je ne savais plus rien ; ni où, ni pourquoi, ni comment. Je ne savais même plus si j'étais encore moi. Il revient avec quelque chose enveloppé dans du papier journal. J'ai tout de suite deviné que c'était pour moi, mais la seule idée de manger me barbouillait le cœur. Encore bien davantage quand je vis ce morceau de boeuf que le maître avait dû trouver dans un marché populaire bourdonnant de mouches. Ça expliquait le papier journal. Maintenant, comment trancher cette viande sans l'aide d'un couteau, — même si je n'en voulais pas ? Il eut une inspiration : ses ciseaux à ongles ! Plus j'entendais le clic ! clic ! clic ! plus la chambre tournait. Il le comprit et déposa les ciseaux. Après une longue caresse, il me laissa tranquille.

Le lendemain, j'avais retrouvé l'esprit et un peu d'appétit. Pendant les absences du maître, la femme de chambre venait me tenir compagnie secrètement. A sa première visite, quand elle s'était mise à pousser des cris de joie en m'apercevant, le maître l'avait faite taire en portant un doigt sur sa bouche, ensuite au moyen de mots espagnols et de gestes pour remplacer, je pense, les mots qu'il ne connaissait pas encore. Elle comprit, elle aussi un doigt sur sa bouche. Ce qui est arrivé, et le maître l'a su, et moi pareillement quand il a raconté la chose au collègue, c'est que la femme de chambre n'a mentionné ma présence à personne sauf à toutes ses compagnes de l'étage et que le secret a déboulé jusqu'en bas à la réception. Joliment embarrassé, le maître est allé s'excuser auprès du directeur qui n'en savait rien, les gens de la réception ayant gardé le secret. Celui qui a vendu la mèche, comme on dit, ce fut mon maître le diplomate.

BUENOS AIRES

Me voilà à Buenos Aires qui est une ville énorme, paraît-il. Chose certaine, la distance entre l'aéroport et l'hôtel a été longue, même si je n'étais plus dans ma valise et que je voyais courir le paysage. Contrairement au Canada où les arbres étrennent en ce moment leurs feuilles, en Argentine ils les perdent. Par ici, l'été se passe en hiver et l'hiver en été. Les saisons ont la tête en bas.

Comme à Bordeaux, nous allons vivre d'abord à l'hôtel pendant qu'on répare la résidence. Il paraît que cette maison sera toujours détraquée ; c'est devenu chez elle une habitude. Décidément, ça continue de commencer mal.

En attendant l'arrivée d'Ariane et de sa mère, le maître et moi occupons une chambre où je m'ennuie. J'y vis surtout seule, puisqu'il passe ses journées au bureau, qu'on appelle ambassade. La femme qui vient faire le ménage ne me prête aucune attention. A Montréal, je fus déçue ; ici, je suis mélancolique.

Le beau rayon de soleil, Ariane entrant dans la chambre ! Elle me prend dans ses bras, elle me caresse, elle me sort de cette chambre et m'emporte où la maîtresse m'attend, dans une suite terminée par un salon donnant sur un parc, comme à Bordeaux. Tout change pour le mieux.

Au lieu d'être strictement pareils et droits comme des soldats, les arbres du parc sont de tous les genres et de toutes les tailles, séparés par du gazon où les enfants jouent et les chiens courent librement. Je n'ai pas vu de chats. Des allées conduisent à un monument visible à travers les arbres à moitié dégarnis. Pour arriver à son bureau, qu'on appelle aussi chancellerie, le maître n'a qu'à traverser le parc. Souvent je le suis des yeux, s'éloignant parmi des pigeons.

Je devais dormir encore à moitié, pour m'être trompée de la sorte. Notre porte d'entrée était entrebâillée et je me suis trouvée dans le corridor, tout comme sur l'étage, à Bordeaux. Je marchais vers la lingerie où Louis et Léonie m'ont choyée si souvent, quand soudain une voix espagnole me ramena à la réalité.

Le fait de vivre dans un hôtel ne peut que me rappeler Bordeaux. Comme là-bas, les maîtres et Ariane descendent prendre leurs repas, — autrefois avec Gustave, maintenant avec Noisette dans sa valise et Percy dans la sienne. S'ils mangent ici, dans le salon, un garçon paraît avec une table roulante où la vaisselle tremblote et il débouche une bouteille qui dit pouf ! On mange joliment peu de poisson, dans cet hôtel. J'estime le bœuf, mais on ne sait donc pas que la chair du poisson est plus distinguée ?

J'entendais souvent dire : « Président de la nation ». J'ai mieux compris qu'il s'agissait d'un personnage haut placé quand je l'ai vu. Accompagné de militaires, il venait chercher le maître. Ce président était enveloppé d'une cape d'où sortait une épée d'argent. Vu de bas en haut, il était fort impressionnant. Tous partirent pour je ne savais où, le maître tenant une grande enveloppe blanche pour je ne savais qui.

Quand Ariane m'expliqua que son père allait offrir l'enveloppe au président de la nation de la part du Canada, je me demandai pourquoi ne pas l'avoir fait sur place : il n'avait qu'à tendre la main avec l'enveloppe au bout. Mais j'avais vu un faux président. Cet homme à la cape et à l'épée venait chercher le maître *au nom* de son président de la nation. Comment exiger qu'une chatte même la plus pénétrante démêle ce genre de choses ?

Depuis que le maître a porté son enveloppe au président de la nation, je ne le vois qu'au vol, lui et la maîtresse pareillement, car les choses se passent comme à Bordeaux. Encore plus, dans cette ville de Buenos Aires tellement grande. Ils font des visites officielles et reçoivent des visites officielles. Par bonheur, Ariane est là quelquefois, pour me tenir compagnie.

Aujourd'hui le Canada vieillit encore d'un an, comme tout le monde, et les maîtres accueillent des centaines d'invités. Je n'en suis pas témoin, car la réception a lieu à la résidence, où nous n'habitons pas encore. Mais je sais, pour l'avoir entendu dire, qu'il y a là des gens importants, d'autres qui croient l'être et d'autres qui ont hâte de l'être.

Ariane et sa mère partent pour Montréal, avec Noisette et Percy. Tante Bernadette est morte.

Les semaines ressemblent à celles qui ont suivi la mort de Gustave, quand la maîtresse et Ariane étaient absentes à Montréal. Aux heures où le maître se trouve seul avec moi, j'aimerais que nous parlions de tante Bernadette. Faute de paroles, ce désir reste en moi. Je cherche à diminuer sa solitude en frôlant son fauteuil jusqu'à ce qu'il me regarde. Je cherche à lui dire, de toute la force de mes yeux, que je l'aime autant que la maîtresse et tante Bernadette aimaient Gustave.

Un curieux Noël, cette année. Non seulement sans neige, mais sans Ariane et sa mère encore au Canada ; sans Noisette ni Percy. Le maître lit ; moi, je sommeille. Je comprends beaucoup de choses et même presque toutes, mais je ne sais pas plus lire que parler.

Et je sais me rappeler. Cette bonne tante Bernadette m'aura préféré Gustave, qui était déjà de la famille à mon arrivée, mais ça ne l'aura jamais empêchée de me gâter. Si elle ne m'a jamais offert la promenade comme à Gustave, c'est qu'il n'en était pas question. Je les vois marchant dans le parc, à Bordeaux, reliés par la laisse. Maintenant ils ne sont plus rien. Mais alors que la tante savait qu'un jour elle mourrait, Gustave, non. Moi oui, — par exception. Gustave n'a jamais compris ces choses ; Percy et Noisette vivent comme ils sont et mourront comme ils étaient. Moi pas. On dirait qu'aujourd'hui, mon intelligence me veut du mal. Je me sens comme punie d'avoir désobéi à la nature. J'ai l'impression d'avoir triché. Assez ! Ariane et sa mère vont bientôt revenir et ce sera l'époque des vacances. L'époque où *vivre*, plutôt que se torturer les ménages. Méninges. Assez réfléchir.

Ariane et sa mère sont avec nous pour le jour de l'an. Elles n'en reviennent pas de voir feuilles et fleurs, au lieu de la neige canadienne. Moi, j'ai peine à imaginer qu'en ce moment où la chaleur nous cajole, Montréal et Sainte-Adèle grelottent.

Le sujet des vacances n'a pas tardé. Nous irons dans un pays voisin où l'hiver se passe en été comme par ici. Ce pays s'appelle Uruguay.

PUNTA DEL ESTE

L'endroit précis où nous commençons nos vacances se nomme Punta del Este, parce qu'il fait face au matin. Maître, maîtresse, Ariane, moi-même, Percy, Noisette, nous partageons une maison de pierre portant le nom de *Rancho*. Peu importe qu'elle soit petite, puisque nous vivons surtout dehors. On me laisse libre de mes mouvements, mais je suis encore prudente. Si la liberté grise, la famille rassure.

Je me promène sur de grosses roches dressées pêle-mêle le long de la mer, au-delà d'un chemin sablonneux interdit aux voitures. De temps en temps je crois voir un poisson. La vérité, c'est que je l'invente. Des bateaux glissent devant chez nous, quelques-uns avec des voiles. Les premières fois, j'ai cru à des draps séchant en plein air.

Un détail. Si on ne veut pas être tenu pour un ignorant, on doit dire : « Punta », non : « Punta del Este ». « Punta » vous range parmi les élégants.

Ce qui m'amuse encore, malgré mes onze ans, c'est de m'installer dans un arbre et d'observer un membre de la famille qui se demande où je suis. On regarde d'abord à fleur de terre, — ce qui est normal. Ensuite on lève le nez. Sans succès, puisque les feuilles me dissimulent. Pourquoi veut-on savoir où je suis ? Personne n'a besoin de moi. Cette préoccupation à mon sujet m'amuse et me flatte.

Les chats ont un goût encore plus vif pour les toits. Ici je ne pourrai m'en accorder qu'un seul, et c'est le nôtre, qui est un toit de chaume. Dès le premier coup d'œil, j'ai compris qu'il me sera possible de l'atteindre grâce à un arbre dont l'une des branches s'étire jusqu'à lui. Mon second coup d'œil a rencontré un obstacle : cet arbre pousse derrière une clôture en fils de fer, et donc il appartient à nos voisins. C'est encore plus excitant.

Je suis bien déçue. J'aurais voulu que ces voisins m'aperçoivent sur le toit du *Rancho* sans réussir à comprendre comment j'y avais accédé, mais leur maison est aveugle et muette. Personne n'y entre, personne n'en sort. Peut-être ouvrira-t-elle un jour ses volets.

Ils auraient dû rester clos ! Quand j'ai aperçu le voisin sur sa véranda, je me suis vite faufilée sous la clôture, à un endroit que je connais, et je me dirigeais vers l'arbre... Soudain, trois grands chiens envahirent le terrain en s'époumonnant sur tous les tons. M'avaient-ils vue ou non, sentie ou non, j'escaladais l'arbre ! L'instant d'après, ils l'encerclaient, clabaudant, bavant, se bousculant. Trois gueules qui auraient bien voulu me décortiquer. Et tout le monde chez nous était parti pour la plage.

À la fin, le voisin ramena ses monstres à la maison. Mon cœur battait si fort, que je restai dans l'arbre jusqu'au retour de la famille. Le maître, grimpé à une échelle, aurait dû porter des gants. Soulevée entre terre et ciel, j'ai blessé mon sauveteur aux mains, aux coudes, aux épaules.

Je demeure quand même résolue à me venger. Par quel moyen ? Oh !... Ah, bien !... Tout juste comme j'allais avoir une idée, un ouvrier est en train de scier la branche qui chatouillait le toit. Perdre la face à cause d'une branche de moins !

Les semaines passent. Tous les jours, j'aperçois les monstres. Ils savent très bien que je suis là, mais où ? Chaque fois qu'ils mettent le nez dehors, ils reniflent l'herbe le long de la clôture. Ils devraient regarder là-haut. Vers l'arbre. Vers le toit. Je n'y serais pas, mais ils feraient preuve d'intelligence. De mémoire, aussi. Eh non ! Les narines au sol. Entre deux silences bien calculés, je dirige vers eux, moi invisible, des miaulements qui les portent à se chamailler pour être le premier à dévorer le miaulement. De temps à autre je consulte l'arbre. Comme le soleil est ardent, la branche pourrait faire du progrès... Nenni. Nada, en espagnol. En fait de chiens à provoquer, j'ai nos deux bestioles. Aucun intérêt.

Il n'y a pas à dire, le chien aura joliment empiété sur ma vie : Gustave, Chouchou, le dobermann d'Ottawa, Jasmine, Noisette et Percy, les tigres d'à côté… Encore étonnant que je n'aie pas appris à japper.

Les semaines se remplacent. Le ciel est toujours bleu. Le maître, la maîtresse et Ariane sont maintenant bruns comme des feuilles mortes. Si des amis viennent manger, le repas se prend dehors et il arrive que tout le monde, verre à la main, salue d'autres amis passant en bateau.

Moi ? Je ne m'arrête plus aux bêtes du voisin. J'ai abandonné le jeu à la fois volontairement et surtout parce que le maître s'en est fatigué avant moi. Il me l'a dit en termes nets, mais le reproche contenait un éloge que je n'osais plus espérer : il a fait appel à ma « raison », à mon « instinct supérieur devenu intelligence presque humaine ». C'était la première fois qu'il me disait aussi clairement quel être unique je suis. Il savait que je comprends et retiens les mots qui habillent les idées, mais devinait-il que je pense par moi-même ? Il n'a plus à deviner : il sait. Et moi, à présent qu'il a fait appel à ma « raison », comment retourner à des miaulements qui mystifient de vulgaires chiens ? Depuis cet éloge mérité, mes siestas sont tout ce qu'il y a de plus souriant.

Il m'arrive même de chanter. Parlons-en ! J'espérais bien que cette fantaisie inaugurée à Bordeaux appartenait au passé une fois pour toutes. Or, récemment, quelqu'un a dit :

— Dommage qu'une chatte aussi intelligente ne parle pas.

— Mais elle chante, a répondu la maîtresse.

— Que m'apprenez-vous ?

— Elle chante la *Marseillaise*.

Et me voilà dans les bras de la maîtresse, c'est-à-dire assise sur l'une de ses mains pendant que l'autre main tient mes pattes d'en haut gracieusement. La maîtresse se met alors à fredonner la *Marseillaise*, tout en me berçant en mesure. Les naïfs prennent pour des vocalises les miaulements onduleux qui m'inspire l'humeur où je suis. Heureusement, le jeu ne dure pas longtemps.

Au fait (j'y pense pour la première fois), ai-je besoin de la maîtresse, pour avoir ce talent musical ? Non. Mais je me demande si je pourrais chanter en étant de bonne humeur.

Ricardo vient nous chercher. Installée au-dessus du siège arrière, comme je faisais en France, je traverse une capitale où habite un autre président de la nation à qui le maître a porté une enveloppe blanche. Maintenant nous traversons une rivière très large et nous voilà de retour à Buenos Aires.

ENCORE BUENOS AIRES

Enfin nous occupons cette résidence qui avait des tuyaux malades et beaucoup d'autres ennuis. Je la trouve intéressante parce qu'elle a un jardin, une terrasse au troisième étage et une grande cuisine, mais surtout parce qu'elle est pleine de zigzags et de portes qui devraient être ailleurs. Cette maison excite l'imagination. La maîtresse et Ariane la trouvent « bizarre ». J'ai l'impression que des surprises m'y attendent et j'espère qu'elles seront nombreuses. L'inconnu, quoi de plus attirant ?

Mais, comme à Bordeaux, je ne reconnais aucun des meubles. Je suppose que jamais plus de ma vie je ne verrai ceux de mon enfance qui s'éloigne.

Le maître, lui, a retrouvé ce qu'il avait quitté à Bordeaux et avant cela à Montréal : un piano. Une chose qui m'a étonnée (pour la première fois je m'aventurais sous un piano pendant la musique), ce fut de constater que le maître joue aussi avec ses pieds.

Autre étonnement. Les maîtres ont reçu la visite d'un homme de langue anglaise, très grand, très fort, mais portant la jupe ! Une jupe de laine à carreaux, qui s'arrêtait aux genoux ! J'aurai tout vu.

C'est dans la cuisine que j'entends parler espagnol plus qu'ailleurs. La chose s'explique : c'est là que je prends mes repas et là que la cuisinière, la femme de chambre Sara et Ricardo le chauffeur prennent les leurs. Mais je n'apprendrai jamais cette langue, car chacun parle en même temps que les deux autres. Quant aux gestes, je me demande comment la vaisselle reste sur la table. Je sais quand même certains mots. *Gata* veut dire chatte, *comer* veut dire manger ; *carne*, viande ; *leche*, lait ; *plato*, assiette ; et quelques autres. Comme les trois mangent assez tard après moi (en Argentine c'est la mode), ma digestion se trouve à moitié faite et j'accepte volontiers des petits cadeaux d'une main à l'autre, surtout celle de Ricardo qui a un faible pour moi. Je ne pars jamais sans me frôler contre sa jambe pour lui dire *gracias* et en demander encore.

Depuis quelque temps, señor Percy a pris une habitude idiote, à l'heure des repas. Il reçoit son assiette et señora Noisette, la sienne. Noisette prend quelques bouchées et va consulter l'autre assiette. Percy lui rend le compliment. Noisette revient à son assiette, bouscule Percy qui retourne à la sienne. Mais, au lieu d'attaquer son repas, il se met à rêver. L'aspirateur Noisette avale sans respirer. Percy s'éloigne, rêve encore, s'approche et s'éloigne encore. Quand il revient, Noisette a vidé les deux assiettes et le petit génie se demande ce qui a bien pu arriver.

A les observer, il me revient que je faisais comme eux, il n'y a pas si longtemps, entre mon bol d'eau et mon bol de lait. Du même coup, je me rends compte que cette manie m'a quittée pendant que je regardais ailleurs. J'étais peut-être aussi ridicule que nos toutous, mais pas devant témoin. Voilà la différence.

L'installation est terminée. Dans une pièce, sur l'étage de la terrasse, une odeur de plâtre persiste. Même sans la terrasse, j'irais là-haut souvent, car je trouve l'odeur du plâtre séduisante.

La vie officielle, interrompue par les vacances à Punta, reprend son élan de plus belle. Certains jours les maîtres reçoivent, d'autres jours c'est eux qu'on reçoit ; certains jours, il y a des invités autour de la table ; d'autres jours ou d'autres soirs, la salle à manger est déserte.

Un invité m'a fait plaisir, aujourd'hui. Il m'a donné mon titre de princesse noire en espagnol. Drôle d'impression, entendre parler de soi en langue étrangère. On est là comme de profil. *La princesa negra...*

J'éprouve un sentiment du même genre, quand le maître cause en espagnol : c'est un autre lui que j'entends. Au moins, il ne gesticule pas et sa voix demeure stable. Non seulement les gens d'ici parlent-ils plus vite que les Canadiens et même les Français, mais leur voix monte, descend et remonte comme le yoyo que Michel balançait devant mon nez, autrefois.

Réflexion importante : je m'intéresse moins aux conversations parce que maintenant elles se font en anglais plus qu'en français et plus encore en espagnol.

Ce qui m'a passionnée, depuis notre arrivée, ce fut de découvrir chaque coin et recoin de cette maison vraiment pas comme les autres. Je dois la connaître mieux que les maîtres ; même plus que Sara qui a pourtant servi nos prédécesseurs.

Que dois-je comprendre ? Ce soir, Ariane et sa mère disparaissent chacune dans une robe trois fois trop longue et trop large, sous un chapeau garni de plumes qui tremblotent. L'une tient un éventail et l'autre, un parasol. Quant au maître, le voilà coiffé d'un chapeau rond avec un galon qui traverse son menton. Mais ce qui est encore moins lui, c'est une épaisse moustache noire. Son habit est une sorte d'uniforme avec des boutons de métal et il tient à la main un bâton luisant comme du cuir.

La maîtresse m'a éclairée. Quand les humains s'habillent de cette manière, c'est qu'ils vont à un bal où chacun fait semblant d'être un autre. On dit le chat hypocrite !

Il se trame quelque chose qui m'inquiète. J'ai toujours eu accès à la terrasse, mais plus maintenant. L'autre jour, j'ai surpris Ariane et sa mère en route vers là-haut avec je ne sais quoi enveloppé d'une serviette de bain et un grand carton contenant je ne sais quoi non plus. Quand j'ai voulu les suivre, elles m'ont dit non.

Je viens d'écouter la maîtresse parlant au téléphone et je sais tout ! Elle et Ariane ont recueilli une chatte qui s'était réfugiée dans notre jardin pour mettre au monde. C'était elle, sous la serviette de bain. Le grand carton lui sert de maison. Elle a maintenant ses petits. Nous voilà SEPT chats, sous le même toit !

Même Noisette et Percy reçoivent une attention distraite. Ce qui m'inquiète, c'est qu'une pure inconnue il y a moins d'une semaine s'appelle maintenant Joséphine. Si elle porte un nom, elle n'est plus une chatte de passage, mais une rivale. Dans *mon* territoire !

Les jours s'étirent et je n'ai pas encore aperçu l'étrangère. Est-elle noire, comme moi, ou grise, blanche, jaune ? Chose certaine, elle est toujours là-haut avec sa famille. Ce que ma queue balaie le plancher !

Si on la gardait, qu'est-ce qu'elle ferait à nos chiens ? C'est avec des griffes écourtées, que je défendrais nos chers petits ? Je refuse de croire qu'on pense à la garder. J'espère qu'elle est laide.

Je devais dormir, quand on a esquivé mon attention. C'est dans le jardin que je l'ai vue, seule, avec Ariane et sa mère. Je l'espérais laide... Eh bien ! C'est une chatte à longs poils soyeux. J'ai beau préférer ma robe noire unie, je crains que cette Joséphine leur rappelle le *macho* Roméo que je voyais en photo dans la chambre d'Ariane, à Montréal. Je suis très malheureuse.

C'était loin d'être tout ! Qu'ai-je vu, ce matin, dans notre jardin ? Un autre chat aux longs poils ! Noir et blanc, tandis que Joséphine est blanche et rousse. Ils étaient là tous les deux, le nouveau beaucoup plus petit. J'ai vite deviné que Joséphine est sa mère. Il s'agit d'un mâle. Il doit avoir trois ou quatre mois, — comme moi au Sommet Bleu, il y a longtemps.

Ariane m'a surprise le nez collé à la porte-fenêtre de la salle à manger, qui donne sur le jardin. Elle est venue me trouver et j'ai craché. Même contre elle.

— Faut pas t'inquiéter, ma chérie. Joséphine et Napoléon auront un abri en carton dans un coin du jardin, mais rien de plus. Tu garderas toujours la première place. Toi, c'est toi ; eux, c'est autre chose.

Elle me souleva et m'embrassa. Mais je pensais qu'ils étaient autre chose sérieusement, puisque déjà le fils porte un nom.

— Te rappelles-tu, Pétrouch', notre visite à une amie, à Sainte-Adèle ? Sa chatte venait d'être mère et tous ces petits yeux encore aveugles t'avaient émue. Tu dois être capable encore de bons sentiments ?

Comment dire sans parler qu'il ne s'agit pas des petits, mais de la mère et du grand frère qui cherchent à me remplacer ? *Je ne veux pas* avoir de bons sentiments ! Tant qu'à avoir mauvais caractère, aussi bien en profiter pleinement. C'est non ! Je *refuse* les bons sentiments !

Aujourd'hui, j'apprends deux choses : chacun des minets a trouvé un foyer, tandis que leur mère et leur demi-frère aux longs poils vivront désormais chez Ricardo. La deuxième nouvelle me laisse à demi contente et à moitié pas ; à moitié libérée d'une idée fixe, mais à demi privée du plaisir de surveiller leurs allées et venues autour de la maison et de leurs griffer les yeux, la HHHosefina et son NapoleONNE de fils !

Grand va-et-vient, ce soir. Les maîtres reçoivent des ministres canadiens visitant l'Argentine pour des raisons qui les regardent. Ce qui me regarde, moi (on a oublié de m'enfermer), c'est de finir la soirée saine et sauve malgré tous ces pieds qui se remplacent autour de moi comme si je n'existais pas. Je voudrais filer vers la chambre d'Ariane qui est aussi la mienne, mais des invités sont assis dans l'escalier.

— AAAAH !... dit soudain tout le monde à la fois, en français, en anglais et en espagnol.

Il vient de se produire une panne d'électricité. Toutes ces belles dames et ces beaux messieurs sont comme perdus. Moi qui n'ai pas besoin de chandelles, je me lance dans l'escalier et soulève une traînée de cris sur tous les tons. Une fois sur le lit d'Ariane, je suis très fière de moi.

Pourquoi ce sentiment de victoire ? Personne ne m'a attaquée. Je devrais être amusée, plutôt. Ai-je voulu chahuter des gens qui ont ignoré ma présence même en pleine lumière ? Peut-être. Mais peut-être pas. Que ce soit oui ou non, je suis peut-être fière inutilement : rien ne m'assure que ces gens ont deviné que JE les frôlais à une telle vitesse. Ils ont pu croire à un courant d'air nouveau genre. S'ils ont cru à un rat, c'est flatteur ! Je ne sais plus... Avec tous ces peut-être, je commence à croire que je deviens trop intelligente. A Punta, le maître a dit : « instinct supérieur devenu intelligence *presque* humaine ». Je devrais m'en tenir à ce presque. Mon instinct me dit qu'autrement, je suis en train de me donner des complexités.

J'ai maintenant douze ans, selon une carte illustrée placée devant mon assiette, ce matin. L'image représente un chat qui porte des lunettes (une fausseté, puisque le chat conserve sa vue jusqu'à la fin). Douze ans ? Si j'étais une femme, j'aurais l'âge du maître, qui lit à travers des lunettes... Ça porte à réfléchir pour de bon.

Il m'est arrivé un phénomène. Comme je passais devant la chambre d'Ariane, mon oreille a saisi un léger bruit métallique : clic !... clic !... clic ! Je me suis arrêtée, d'abord curieuse, bientôt intriguée. Ce menu bruit voulait me rappeler quelque chose. En même temps j'étais devant cette porte ouverte et je me sentais ailleurs. Des petits ciseaux à la main, Ariane décousait je ne sais quoi. Clic !... clic !... clic !... La chambre d'hôtel à Lima ! Le maître coupant de la viande avec ses ciseaux à ongles, pour moi trop chavirée pour en vouloir !

— A quoi songes-tu ? demanda Ariane. Tu as le regard tout ébourrifé.

Cela m'est arrivé il y a des heures et persiste en moi comme un rêve mal secoué.

Soudain, le ton a changé complètement, à la résidence. Les maîtres et Ariane sortent beaucoup moins et reçoivent peu de visiteurs. Des personnes qui venaient souvent et qui étaient de bonne humeur ne viennent presque plus et sont inquiètes. Jour et nuit, des soldats se tiennent devant la maison. Pour nous protéger, paraît-il. Je les vois de près quand ils entrent fouiller dans le frigidaire. Au volant de la voiture officielle, Ricardo porte sur lui un revolver.

Jamais encore, ni à Montréal, ni à Bordeaux, ni par ici, n'ai-je vu les maîtres et Ariane s'attarder à ce point devant la télévision. Quand Sara vient parler à la maîtresse, elle crochit son cou pour regarder, elle aussi. Ricardo pareillement. Je sens qu'il se passe une chose très importante.

J'avais raison : on jette dehors le président de la nation à qui le maître avait porté une enveloppe, quand nous vivions à l'hôtel. Je sais à moitié. Même si j'ai vécu à Ottawa, la politique, pour moi, c'est de l'entortillage. J'arrive pourtant à saisir quelques mots plus faciles à deviner que d'autres. Par exemple, j'ai compris : « Il évita le perron. » D'après moi, quelqu'un a su éviter un accident.

Au moment où j'allais peut-être en comprendre davantage, le calme est revenu. Il y a toujours deux militaires devant notre porte, mais à les voir fumer leurs cigarettes au complet, il est clair qu'ils sont là moins sérieusement qu'au début. Comme c'est maintenant l'hiver, ils entrent boire du café encore plus souvent. Chez les maîtres, la vie normale a repris son cours.

Pas pour longtemps. Une fois de plus mon radar à moustaches me prévient que les malles et les valises vont faire leur apparition. Je flaire cela à certains détails que j'ai observés à Montréal, que j'ai vus à Paris, revus à Ottawa et retrouvés à Bordeaux. Ariane et sa mère soulèvent ici et là des objets qu'elles finissent par mettre de côté au même endroit. Elles se tiennent debout devant une armoire à vêtements et se demandent, la main au menton, s'il faut les laisser où ils attendent ou bien commencer à les plier. Pourquoi m'en faire ? Comme si on allait me consulter !

J'ignore où nous irons, mais je regretterai cette maison compliquée. Je m'adresse le reproche de ne pas l'avoir examinée encore plus à fond, — si possible.

Les maîtres ont fait leurs *adios* officiels, leurs adieux privés et leurs adieux au personnel. Dans les bras d'Ariane j'ai reçu les bons vœux du personnel, moi aussi. Pendant qu'on me flattait, j'imaginais Napoléon et Joséphine ayant désormais le chemin libre, si Ricardo les ramène, et se remplissant le ventre aux frais du Canada. Moi, je traverserais les airs en valise.

J'avais tort. Grâce à un châle qui me dérobe à la curiosité des voisins, Ariane me garde tout près d'elle. Je commence même à apprécier l'avion. Entre deux sommes, je me répète qu'au Canada on peut se régaler de poisson. Je m'en pourlèche.

SAINTE-MARGUERITE

Nous revoilà au Canada, mais pas à Montréal. Une chose que j'avais oubliée, c'est l'histoire des saisons. Nous sommes en juillet. Donc, il fait chaud. A Buenos Aires, cela s'appelait aussi le mois de juillet, mais les gens portaient des manteaux et des gants parce qu'on était en février. Chez nous, les saisons ont la tête en haut. L'été se passe en été, l'hiver en hiver et on le sait une fois pour toutes.

Notre nouvelle maison n'est pas située à Sainte-Adèle en haut ni en bas, mais près de Sainte-Marguerite et elle est entourée d'arbres. Elle comprend aussi un garage où j'ai entrevu des objets curieux que je me propose d'examiner.

On m'a vite accordé ma zone d'indépendance. C'est à moi les arbres, les oiseaux, les plantes sauvages, l'herbe et ses insectes, même un joli étang où des grenouilles ouvrent leurs pattes comme faisaient les ciseaux de tante Bernadette ; à moi l'air tonifiant des Laurentides où je suis née. J'ai douze ans et suis en excellente forme. Des preuves ? Le maître m'invite encore à jouer au badminton et je renvoie la boulette de papier avec autant de vigueur que j'en montrais à Bordeaux. Je saute encore sur une table du premier coup de reins. Mon appétit ne fléchit pas. De sieste en sieste, mon sommeil est réparateur. Comme l'œil du chat est exempt de cataractes, ma vue sera toujours excellente. Mon ouïe conserve sa finesse. Mon odorat continue d'apprécier l'odeur du pétrole, de l'ammoniaque et de l'eucalyptus. Tout cela ensemble parce que j'ai ma recette : se convaincre chaque matin qu'on est plus jeune que la veille. Et puis...

PÉTROUCH' !... PÉTROUCHKA !... Tu oublies que tu rêvasses ! Tu n'es pas à Sainte-Marguerite près de Sainte-Adèle ton pays natal, mais à OTTAWA ! Dans la maison d'Ariane où tu habites ! Tu n'as plus douze ans, tu en as vingt-deux ! Tu émerveilles les vétérinaires, mais tu ne joues quand même plus au badminton ; tu ne sautes plus sur les tables ni même sur les chaises ; à moins que le son ne vienne d'une assiette, ton ouïe en a joliment perdu ; tes pattes d'en avant font penser à l'as de carreau ; tu souffres d'arthrite au point que si Ariane ne te toilettait pas chaque matin, ta fourrure serait raboteuse comme du plâtre. A l'échelle humaine, tu as cent ans et plus ! Sors de tes rêves !

C'est bien. Je n'ai plus besoin de me parler à la seconde personne. Je ne rêve plus. Je suis la Pétrouchka d'aujourd'hui dans la maison d'Ariane à

Ottawa depuis huit ans et je pense qu'une fois pour toutes je mettrai fin à ce jeu de récapituler ma vie. Tant que le jeu continue, je me crois jeune. Mais quand il cesse, comme en ce moment... C'est bien : j'accepte mon âge.

D'ailleurs ! Aujourd'hui, les souvenirs dignes de mention sont maigres. Que pouvait-il et peut-il encore m'arriver d'extraordinaire, dans les conditions paisibles où se déroulent mes journées ? L'hiver, j'apprécie la chaleur de la maison ; l'été, s'il fait soleil, je pratique modérément notre menu jardin. Pourquoi chercher à me raconter des événements qui n'arrivent plus ? Depuis huit ans ma vie fait ronron. C'est tant mieux : elle a déménagé assez souvent ! Arrière le passé. A compter d'aujourd'hui, je remplace la rêverie par la philosophie. J'ai peut-être deux pattes en as de carreau, mais mon intelligence demeure égale à elle-même.

Philosophe, il est temps que je me connaisse vraiment. Les yeux dans les yeux, je m'installe face à face avec moi-même. D'abord, quels sont mes défauts ? Dans un poème qu'Ariane m'a lu il y a beau temps, le maître défendait le chat. Moi, je ne chercherai pas à me défendre ; seulement à être juste.

Suis-je hypocrite ? Les humains disent cela sans réfléchir, comme si tous les chats de la terre étaient le même, et celui-là forcément hypocrite. Il doit en exister quelques-uns, mais je n'en suis pas. Je ne suis hypocrite qu'en jouant. C'est la règle du jeu.

Suis-je égoïste ? J'aurais bien partagé mes repas avec ces chats maigres longeant le trottoir, à Montréal, mais comment, d'un sixième étage ? Je n'allais quand même pas renverser ma platée sur la tête des gens. *De toute façon, c'est le trottoir d'en face que je voyais.*

Suis-je gourmande ? Je mange tant qu'il y en a, même s'il y en a trop, mais c'est par politesse : je fais honneur à la cuisinière. Notre bon Gustave, lui, était gourmand. Après le départ des invités, quand les maîtres avaient donné une réception, il se promenait le long du buffet, nez collé au tapis. Pour avoir entendu la maîtresse déclarer qu'il ménageait l'aspirateur, il m'arrivait de l'aider. Pourquoi n'aurais-je pas recueilli ma part de remerciements ?

Suis-je paresseuse ? C'est ma nature qui m'incite au sommeil. Le roi des chats, le lion, dort de quinze à dix-sept heures par jour.

Suis-je menteuse ? Je retouche certains souvenirs, au long de mes rêveries, mais quel humain ne fait comme moi, en feuilletant sa vie ? Même les écrivains.

Curieuse ? La curiosité est un trait qui appartient à ma race et à mon sexe. De plus, quand les hommes parlent d'un esprit curieux, ils font un compliment.

Lâche ? Moi qui ai figé sur place un berger allemand et chassé de mon territoire un matou énorme ?

Jalouse ? Je ne l'étais pas à l'endroit de Gustave. Peut-être un peu au début, mais beaucoup plus non que oui. J'ai failli jalouser une chatte qui n'existait qu'en photographie ; donc, ça ne compte pas. Quant à Noisette et à Percy, je n'ai jamais été jalouse d'eux (ce serait le comble !), mais agacée par eux. Joséphine et Napoléon ? Ceux-là n'avaient pas d'affaire chez nous. Même à l'extérieur. Ils empiétaient sur les occupations de la maîtresse, retenaient l'attention d'Ariane, distrayaient le maître et les domestiques. C'était tout ça mis ensemble, que je défendais. Je les avais en griffe. Grippe. Surtout Joséphine. Mais je n'étais pas jalouse.

Ai-je été juste à l'égard du chien ? J'aurais voulu l'être, mais à qui la faute (Gustave excepté) ? Comment oublier que Percy m'a provoquée dès le jour de son arrivée et que Noisette m'a donné tort en tout et partout une fois pour toutes ?

Je suis fière ? J'en suis fière. Je tiens à ce qu'on respecte ma personnalité.

En somme, je n'ai qu'un défaut et c'est mon humeur facilement griffue. Soyons franche : souvent je libère mon mauvais caractère parce que j'y trouve une volupté qui me gratte comme une bonne brosse. Ça m'excite, avoir mauvais caractère. Ça me ravigote. Ça protège mon indépendance. Ça me rend plus consciente d'être moi.

Peut-être aussi y a-t-il une raison profonde, à mes accès d'humeur. Ils viennent peut-être de ce fait que tout en me comblant d'une intelligence supérieure, la nature m'a refusé le moyen d'en faire profiter les autres. Ce désavantage m'aura empêchée de poser des questions que j'estimais importantes, de confier des sentiments qu'on ne me soupçonnait pas. En tout cas, si moi Pétrouchka, je ne suis pas arrivée à parler après vingt-deux ans d'existence, aucun chat n'y est parvenu ou n'y parviendra. Le Botté ? Ceux du fameux cardinal ? Ceux du pays nomme La Fontaine ? MON ŒIL ! Qu'on vienne m'en miauler d'autres !

169

A présent que j'ai avoué mes défauts, quelles sont mes qualités ? Je préfère qu'un tiers les énumère à ma place. S'il en oublie, je lui prêterai assistance malgré ma modestie.

Maintenant, la grande question à quoi personne n'échappe : suis-je heureuse d'avoir été moi ?

Avoir été... Deux mots tout courts. Deux mots bien lourds. Je fus longtemps sans soupçonner que la vie nous est seulement prêtée. Et puis, j'ai vu partir Gustave. Ensuite, tante Bernadette. Même alors, je me disais : « Peut-être que toi, exceptionnelle comme tu es... » Aujourd'hui, je sais que mon tour viendra et j'y consens bien malgré moi. C'est la philosophie.

Pourquoi souhaiterais-je avoir été une autre ? Aurais-je eu mon intellect ? Aurais-je décodé le langage des hommes et appris à réfléchir sans trahir ma nature ni vendre ma fierté ? Si je pense à tout ce que j'ai vu depuis ma naissance, à tout ce que j'ai entendu, appris et compris d'un déménagement à l'autre, la tête me pivote. Quel autre chat de Sainte-Adèle ou d'ailleurs peut en dire autant ? Je suis riche de souvenirs. La famille qui m'a choisie n'a eu pour moi que tendresse et bonté. Les chiens de la maison ont reçu la préférence, mais moi, la tranquillité. Je n'ai jamais souffert du froid ou de la faim. Malade, on m'a soignée ; malade, je l'ai été peu souvent. Aucune automobile n'a passé sur moi. Ni même une bicyclette. Comme « princesse noire », j'ai reçu des compliments même en espagnol. Peu souvent j'ai eu des puces. J'ai perdu quelques dents, mais pas les autres. Je n'ai pas eu de petits, mais il y a déjà tellement de chats sur la terre, et guère choyés comme je le fus et le suis encore. Quant aux matous, ils ont raté une victime et c'est tant mieux.

Donc, à la grande question je réponds oui. Malgré un peu ceci, un peu cela (n'avoir jamais compris l'expression « fil d'Ariane », par exemple, ou « emporter ses pénates »), je me félicite d'avoir été Pétrouchka. Mais je m'applaudirais encore mieux si on ne m'avait pas affublée d'un nom masculin. Heureusement, il se termine par le son a et personne n'a cherché à y regarder de près excepté le vétérinaire.

Oui. J'ai bien fait d'avoir été moi.

Achevé d'imprimer
en septembre mil neuf cent quatre-vingt
sur les presses de l'Imprimerie Gagné Ltée
Louiseville - Montréal.
Imprimé au Canada